無理は承知で私立探偵《ハードボイルド》

ああ、神様、もしも無事にゴールできたら、
もう二度と、アクアスキュータムを着たま
ま長距離を走ったりしません！——
『伸びた記録とアイスキャンディ』

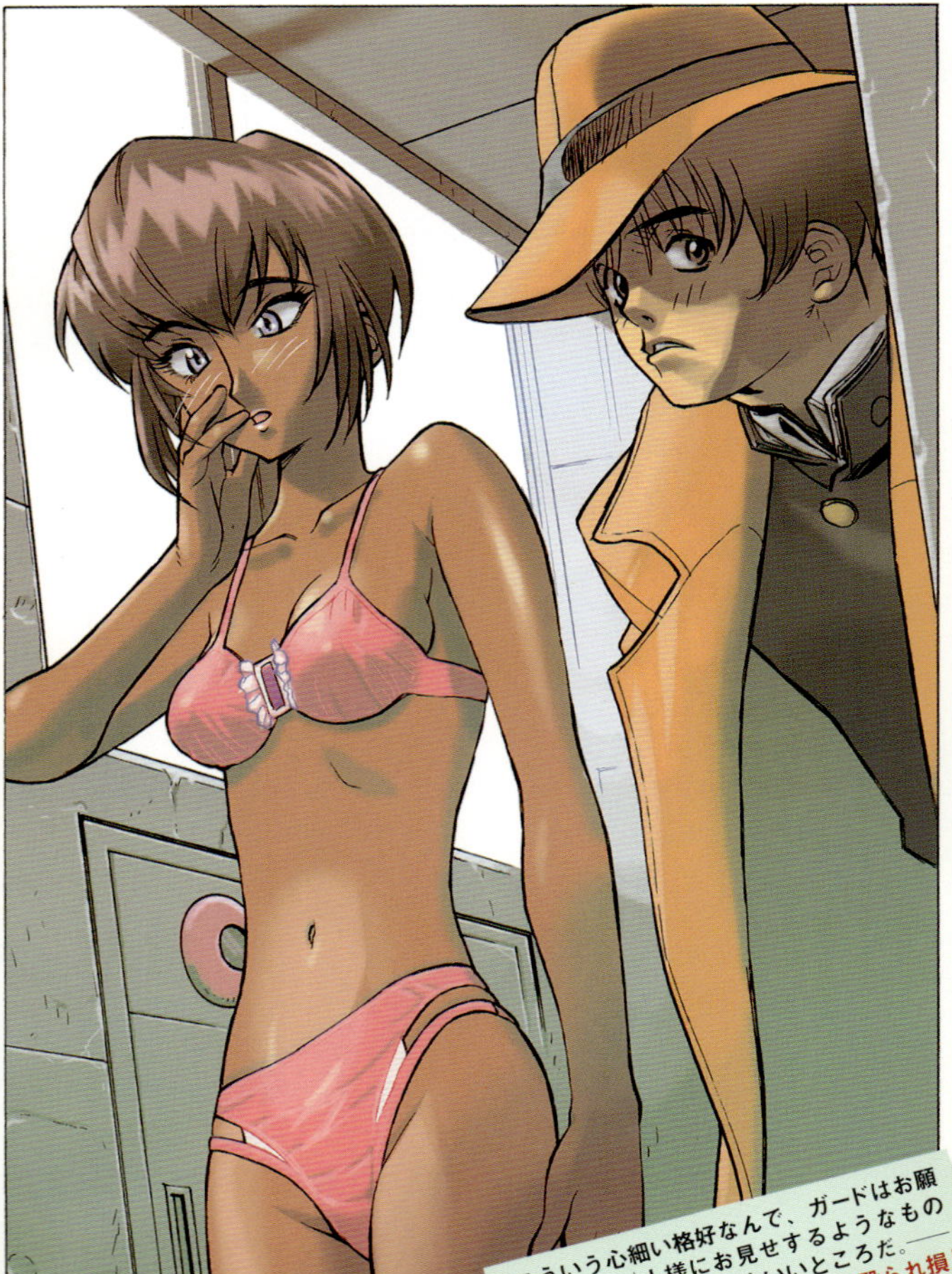

「こういう心細い格好なんで、ガードはお願いしますよ」人様にお見せするようなものじゃないなんて、謙遜もいいところだ。――
『主演女優と殴られ損』

無理は承知で私立探偵《ハードボイルド》

麻生俊平

角川文庫　11432

目次

『消えた少女と閉じたドア』　五
『伸《の》びた記録とアイスキャンディ』　七七
『主演女優と殴《なぐ》られ損』　一四九
あとがき　二六四

カバー・口絵・本文イラスト／中北晃二

『消えた少女と閉じたドア』

「シャネルのスーツを着こなしている女性というのを初めて見たよ。ほとんどの女性はスーツに着られているか、せいぜい〝着ている〟止まりなのにな。ちょっと崩《くず》れた感じがいい――」

そんなに悪くない言い回しのような気がした。依頼人《いらいにん》や、聞込《ききこ》みに行った先の女性など、初対面の相手へのセリフとしては、まあまあ有効かもしれない。忘れないように手帳にメモしておく。最大の問題は、どれがシャネルのスーツなのか見分けがつかないってことだ。この仕事も、いろいろと面倒《めんどう》なことが多い。

「――あ、ここだ」

立ててあるアクアスキュータムの襟《えり》を寝《ね》かしつけ、ソフト帽《ぼう》の角度を調整、表情を引き締《し》めて、手帳の表紙の裏にある鏡で確認する。――OK。手帳をポケットにしまう。

改めて目的の家を見る。御殿《ごてん》や邸宅《ていたく》と呼ぶには少しばかり小さい。庭の半分ほどを白い乗用車が塞《ふさ》ぎ、空いたスペースの約三分の一はスチール製の物置が占領《せんりょう》している。残されたわずかな面積に植えられた朝顔と向日葵《ひまわり》らしい植物に、Tシャツにジーンズという若々しい格好をした四〇少し手前くらいのご婦人が、ホースで水をやっていた。とりあえず、ブランドがシャネルであるかどうかに頭を悩《なや》ます必要はなくなったということだ。――ちょっと残念かも。

「松宮乃恵美《まつみやのえみ》さんのお宅はこちらですか？」

ご婦人は、向日葵に向けていた視線をこちらに向けた。より正確に言えば、体ごとこちらに向き直った。水の出ているホースも一緒《いっしょ》に。

「あらあら、ごめんなさい——」

噴《ふ》き出る水を止めようとして、ご婦人はホースの先を握《にぎ》り締めたらしい。前にも増した勢いで、植物の生育に役立つべき水は、一時的に、人間に潤《うるお》いをもたらしてくれた。

ご婦人は、ようやくホースのつながれた水道の蛇口《じゃぐち》を捻《ひね》って水を止め、どこから取り出したのか、新聞の名前の入ったタオルを差し出してくれた。左手で帽子を取って、頭を下げる。どんな時でも右手を空けておくのは、社会の裏街道を歩かねばならない男の心得——なんだけど、右手でタオルを受け取っちゃったら、意味ないなあ。とりあえず手早く顔を拭《ふ》き、礼を言ってからタオルを返す。よーし、右手は空になったぞ。

「ほんとにごめんなさいね、あたしっておっちょこちょいで。でも、よかったわあ、コートを着てて——」

タオルを受け取ったご婦人は、いま初めて気が付いたみたいな顔でこちらを見た。

「水をひっかけられても大丈夫《だいじょうぶ》なようにコートを着てきたわけじゃないわよね？」

「これは、まあ、ユニフォームみたいなものです」

「――そんな格好で、暑くないの?」

丸い顔の丸い目を、さらに丸くして尋《たず》ねる。

「大丈夫です、クールな男ですから」

帽子を頭に戻《もど》し、冷たい水をご馳走《ちそう》になる前のクールな表情に戻る。鏡を出してチェックするわけにいかないのがつらい。

ご婦人は、メガネの度が合っていないような顔をした。

「どうして、そんな格好をしてるのかしら?」

ユニフォームだから、としか答えようがない。いや、正直なところ、どうしてトレンチコートを着なきゃならんのか、はっきりとした理由なんて知らないんだ。でも、この格好じゃないと気分が出ないんだからしょうがない。それにしても、ハリウッドだろうがロサンゼルスだろうが夏はあるだろうに、彼《か》の地の同業者諸氏は、いったい何を着ているんだろう?

「――見て、わかりませんか?」

目いっぱい低い声で、渋《しぶ》く答える。ご婦人は、少し考え込む様子だった。

「ヒント。ハンフリー・ボガードとかも演《や》ってました……タフでなければ生きていけない、優しくなれなければ生きていく資格がない……汚《よご》れた街を一人征《ゆ》く現代の騎士《きし》……」

失血死すれすれの出血大サービスでヒントを出しているのに、ご婦人は、「カサブランカ」

とか、某社《ぼうしや》の映画とか、ぶつぶつ呟《つぶや》いているだけだ。

「――冬物半額セールにしちゃ、時期外れよねえ」

「ブブーッ、ハズレ。残念ながら時間切れです」

そう、タフでなければ生きていけないのだ、あらゆる意味で。

「私は、汚れた街を一人征く現代の騎士――。平たく言えば、私立探偵《たんてい》です」

祈《いの》るような気持ちで、ご婦人の反応を待つ。

「――ああ！　ああ、ああ。そう、そうなの。あなたなの、乃恵美の学校で噂《うわさ》になってる私立探偵って」

正解を知ったのがよっぽど嬉《うれ》しかったのか、ご婦人は胸の前で手のひらを打ち合せると、目を輝《かがや》かせて、何度もうなずいた。

「そう、私が噂の私立探偵です――って、噂になってますか？」

こっちの声まで明るく弾《はず》んでしまったのを恥《は》じる。有名だって言われて喜ぶ私立探偵なんて、サマにならないこと、おびただしい。

「いや、その、困ったものだな。いくら実績を積み重ねたとはいえ、有名な私立探偵なんて、尾《び》行《こう》や張込《はりこ》みがやりにくいだけだ。だいいち、依頼人も調査対象も、事件が終わった後は探偵のことなんか思い出すのも厭《いや》だろうに」

ご婦人は、丸い目を細めて、首を横に振《ふ》った。

「そうじゃないのよ。高校生なのに、学生服の上にトレンチコートを着て、空き教室の机の上に携帯《けいたい》電話を置いたのを事務所って呼んでいて、ビリー・ホリディか何か聞きながら、お客さんが来るのを待ってるんでしょ？　噂になるわよ。乃恵美が教えてくれたわ。うちの学校には私立探偵がいるのよって。入学して、そんなに間のない頃《ころ》だったけど。でも、ときどきウィスキーを飲んだりしてるっていうのはほんとなの？　駄目《だめ》よ、高校生なんだから」

そこまで噂になっているとは思わなかった。動かしがたい事実もあるが、単なるデマもけっこう混じっている。例えば、酒やタバコは二〇歳を過ぎてからと決めてるんだけどね。まあ、この家が、目指す松宮乃恵美の家だってことが確認できたのは収穫《しゅうかく》だけど。

「大丈夫？　学校のど真ん中で勝手にアルバイトを始めて、先生は何も言わない？」

「私立探偵は職業じゃない。生き方の問題なんだ」

うつむき加減で言う。決まった——。視線だけちょっと動かして、さり気なく、そう、きわめてさり気なく相手の反応を待つ。返ってくるのはため息？　拍手《はくしゅ》？　賛辞？　いや、単なる憧憬《どうけい》の眼差しだってかまわない。

「生き方の問題って、人生相談とかなのかしら？」

私立探偵を支える心のなかのタフネスが急激《きゅうげき》に消耗《しょうもう》していく気がする。遠からず、二度と再び立ち上がれなくなってしまうんじゃないだろうか。

「それで、探偵さんはうちに何のご用なのかしら?」

そろそろ同じポーズで間をもたせるのがつらくなってきたところで、ようやくご婦人が本題らしきものに立ち返ってくれた。

ことの発端《ほったん》は、世の中の大概《たいがい》のことと同じく、何の前触《まえぶ》れもなしにやってきた。

今日も、用務員室で出がらしの番茶をすすって将棋《しょうぎ》の相手をし、事務室でハーブティをふるまわれながらテレビショーが報じる芸能界の話題に興じ、保健室で冷えたミネラルウォーターのお相伴《しょうばん》に与《あずか》るというコースをたどった。私立探偵たるもの、校内のインフォーマルな情報網《じょうほうもう》のメンテナンスは、こまめにやっておかなければならない。

その後で、校舎の西の端《はし》、北に面したうらぶれた事務所(物置代わりの空き教室と陰口《かげぐち》を叩《たた》く連中のことは気にしないことにしている)に戻った。

ドアを開け切らないうちに、小さく縛《しば》った髪《かみ》を両脇《りょうわき》に垂らした、メガネをかけた丸い顔が現われた。この髪形――というか頭を見るたびに、カラフルなセロファンで包まれたキャンディを連想してしまう。特大キャンディは、そのシルエットにお似合いの笑顔を浮《う》かべていた。喜色満面――。高校入試の答案用紙に書いて以来、一度も使ったことのない四字熟語を連想する。

「喜んでいいわよ、探偵さん」

小林由理奈《こばやしゆりな》の声は、表情に負けず劣《おと》らず嬉しそうだった。しかし、「探偵さん」が「たんてーさん」にしか聞こえない発音は、どうにかならないものかな。

「どこぞの山荘《さんそう》の密室で、マザー・グースに見立てた殺人が起こった。しかも、壁《かべ》に被害者の血で書かれた詩の一節から判断するに、連続殺人を予告している——。そんなところかい？」

「——まだ、根に持ってるわけ？　クールでハードでボイルドな私立探偵なら、過去は忘れなさいよ」

いや、別に根に持ってるわけじゃないんだけど、クールでハードでボイルド（？）な私立探偵としては、引きずる過去の一つもないと恥ずかしいし、シニカルなセリフの一発も決めなけりゃならないでしょうが、立場上。それに、第一印象が強烈《きょうれつ》すぎたからってこともある。これに関しては、責任はワリカンだぞ。

「だいたい、なんでそんなことを探偵さんに喜んでもらわなくちゃいけないのよ？　そうじゃなくて、探偵さんが事務所を留守《るす》にしている間に、依頼人《いらいにん》が来たの。イ・ラ・イ・ニ・ン。英語で言うとクライアント。わかる？」

依頼人。英語で言うとクライアント（とっさにスペルが思い出せないことは黙《だま》っていよう）。この事務所に依頼人——。

胸の奥《おく》にじんわりと広がるものをぐっと押《お》さえつける。依頼人というだけで喜ぶのは早い。つまらない浮気《うわき》調査の依頼とか、迷子《まいご》の仔猫《こねこ》チャン探しなんて可能性もある。

「しかも、その依頼人が何を依頼していったと思う？　失踪人《しっそうにん》の調査。いなくなった女の子のことを調べてほしいんだって」

「失踪人の調査か。確かに、うらぶれた事務所でいつ来るかわからない依頼人を待ちつづけるしがない私立探偵には、お似合いの仕事だろうな。人里離《はな》れた山荘の密室で起きた見立て殺人、しかも連続殺人の可能性つき、なんていうのに比べれば、量販店《りょうはんてん》の吊《つ》るしのセビロと同じ程度にはピッタリくる」

うっとり感が顔に出ないように筋肉を引き締め、かすかに皮肉っぽい笑顔を形作ると、できる限り渋《しぶ》い声で言う。失踪人の調査――。何という甘美《かんび》な響《ひび》き。どうせなら、じかに会って、依頼人の口から直接聞きたかったぞ。いなくなったのが大富豪《だいふごう》の一人娘《ひとりむすめ》で、依頼人は若すぎる後妻というところまでは期待できないにしても、だ。

「でも、君としては、密室殺人のほうがよかった、というわけかい？」

そう、私立探偵はあくまでもニヒルに、皮肉っぽく、物事を斜《なな》めに見る。ひさしぶりの依頼人くらいではスキップしたりしないのだ。――嬉しいけど。

「なんなら本名で呼んであげようか、探偵さん？」

由理奈の左の眉《まゆ》が、ピクッとメガネフレームの上にはみ出した。危険な兆候だ。悪乗りしすぎたかもしれないな。

「ええ、それじゃ、喜ぶべき依頼人ご訪問の顚末《てんまつ》を伺《うかが》いましょうか、秘書くん」

無意識に揉《も》み手をしているのが、我ながら情けない。

「〝助手〟って呼んでって言ってるでしょ」

確かに、彼女《かのじょ》がこの事務所に押し掛《か》け助手として居着いて以来、ずっと同じ要求を受けているようだ。理由はよくわからない。ちなみに、何故《なぜ》、彼女のことを〝秘書〟と呼びたいのかといえば、そのほうがらしいと思うからだ。ちょっとクールで、スマートで、秘密の匂《にお》いが感じられる。つまり、アダルトな雰囲気《ふんいき》があるような気がするんだけど。

留守番電話サービスより多機能の（コーヒーを淹《い》れてくれたりする。ただし、機嫌《きげん》のいいときだけ。依頼人は例外。他にはデジカメによる隠《かく》し撮《ど》りという怪《あや》しい特技もある）秘書が受けた依頼はこういうことだった。依頼人は一年A組の倉田《くらた》未沙《みさ》。一年C組の松宮乃恵美という少女が一週間前から姿を消したので、調べてほしい――。

由理奈は説明しながら、ノートパソコンで学生名簿《めいぼ》のページを開いた。倉田未沙のほうは最近転校してきたばかりのようだが、二人ともこの学校の生徒であることは間違《まちが》いないらしい。

「この二人の関係は？」

「別に何も言ってなかったけど……。依頼人の事情は詮索《せんさく》しないのが私立探偵の心得だ、なんてセリフも聞かせてもらったわよ。依頼人なんかぜんぜん来ない頃から」

こちらの視線に気付いたのか、由理奈はちょっとだけ口を尖《とが》らせた。

「それにしても、転校して間もないのに、よくこの事務所のことがわかったもんだな」

「逆でしょ。この学校のことがまだよくわかっていない転入生だから、自称〝私立探偵〟に仕事の依頼をしたんじゃない」

なまじっかの私立探偵なんかよりよほどクールな声がした。振《ふ》り向く。事務所の戸口には、わが天敵が立っていた。〝キラッ〟あるいは〝ギラッ〟という擬音《ぎおん》とともに光りそうなレンズ越《ご》しの視線が射貫《いぬ》くようにこちらを見ている。彼女を見るたびに、いつも思う。セミロングの髪をアップにして、ピカピカに磨《みが》き上げたブーツを履《は》かせ、週番の腕章《わんしょう》の代わりに鉤《かぎ》十字の腕章をさせて、乗馬鞭《じょうばむち》でも持たせたらさぞかし似合うだろうと。縁なし眼鏡を外せば、振袖《ふりそで》とか浴衣《ゆかた》とか和装《わそう》がよく似合いそうな純和風の顔立ちなんだけど。

「今日も一日、授業をサボって、うろうろしていたそうね、二年B組・山田太一郎《やまだたいちろう》くん？」

いっそのこと、意地の悪い笑みでも浮かべて言ってくれればいいのに、風紀委員長――二年A組・成田美樹《なりたみき》はニコリともせずに言った。

「何のご用ですか、風紀委員長？」

本名を呼ばれて気力喪失《そうしつ》状態になっている私立探偵（本名・山田太一郎　一七歳《さい》）に代わって、いつも元気な私立探偵秘書あるいは助手（本名・小林由理奈　一六歳）が応対してくれる。

「学生の本分は何？　従うつもりがないのなら、無理して学校に通うことはないわ。それに、小林さん、どうしてあなたみたいな普通《ふつう》の学生が、そこの自称〝私立探偵〟の悪ふざけにつき合ってるの？」

「あたし、探偵さんの助手ですから。それに、探偵さんはふざけてません、真剣《しんけん》です」

オレンジ色を連想させるキャンディ・ボイスがきっぱりと言う。

「真剣だから、よけい始末に負えないのよ。放課後の行動にまで、風紀委員が口を挟《はさ》もうとは思わないわ。でも、七篠《ななしの》高校校則前文にいわく、本校の学生は学内・学外を問わず、常に本校の学生である自覚をもって行動すること——。わかったわね？」

鼻白んだ様子で言い残すと、嵐《あらし》は去った。

うーむ、どうしてこの輪は外れないんだろう。こう捻って——。

「——そんなに自分の本名って嫌《きら》い？　あたしは、嫌いじゃないけどな」

知恵の輪に勤《いそ》しむこちらを見て、由理奈が尋《き》いた。

いや、やっと生まれた長男に、たくましく成長してほしいという親の願いが込《こ》められた、悪くない名前だと思うよ。有名なシナリオライターとちょっと似てたりして覚えやすいし（ちな

みに、シナリオライター氏と似ているのは偶然《ぐうぜん》で、名付け親も後で気付いたんだそうです)。

「じゃあ、落ち込まないでよ」

うん、これが例えばスポ根ものの主人公とか、コメディだったらいいんだけどね、クールでニヒルでシニカルでタフを旨《むね》とする私立探偵《たんてい》としては、ちょっとなあという……。

「カッコイイ通称を考えるってのは、どう? 〝学園鮫《ざめ》〟とかって、凄味《すごみ》があっていいんじゃない?——ごめん、今の、取消しね」

この業界には、名前の明らかにされていない偉大な同業者もいるのになあ……。

「なによ。成田委員長以外のみんなは、先生だって、探偵さんのことを〝探偵〟って呼んでるんだから、いいじゃない。——クールでニヒルでシニカルでタフな私立探偵なんでしょ? いつまでもこんなもん弄《いじく》りながらウジウジしてるんじゃないの!」

由理奈は手を伸《の》ばし、知恵の輪をひったくると、一瞬のうちに二つに分解してしまった。

「しゃきっとしなさい、汚《よご》れた街を一人征《ゆ》く孤高《ここう》の現代の騎士《きし》! 依頼人はあなただけが頼《たよ》りなんだから」

そうだ、依頼人がいたのだ。失踪した少女も、きっと何処《どこ》かで、私立探偵が発見してくれるのを待っているはずだ。

「そうだ、誇《ほこ》りにかけて、依頼を果たさなければならないんだった、俺《おれ》は。失踪した少女。複雑な家庭環境《かんきょう》。荒廃《こうはい》した教室。何かを隠している家族。口をつぐむ教師。裏切る友人。暗躍《あんやく》する不穏《ふおん》な者ども。火を吐《は》く銃口《じゅうこう》。飛び交う鉄拳《てっけん》。やがて、変わり果てた姿で発見される少女。暴かれる愛と欲望に彩《いろど》られた予想外の真相。明るみに出る人心の腐敗《ふはい》と汚濁《おじょく》――」

「ちょっと、パソコン踏《ふ》んじゃダメ！　拳《こぶし》を振り回さないでってば……」

「だが、俺は屈《くっ》さない。ナイフをちらつかせるチンピラ、ボクサー崩《くず》れのヤクザの用心棒、妖《よう》艶《えん》な美女の甘《あま》い囁《ささや》き、積み上げられる分厚い札束《さつたば》、いかなるものも、汚れた街を一人征く、誇り高き孤高の現代の騎士の行く手を阻《はば》むことはできない。タフでクールな私立探偵はあくまでも真実を追及《ついきゅう》する――」

「いい加減に机から降りてよ！」

落雷《らくらい》のような叱責《しっせき》に、とりあえずはおとなしく従うと、由理奈はノートパソコンをしまい、雑巾《ぞうきん》で机の上を拭《ふ》き始めた。

「――どこ行くの？」

雑巾片手に由理奈が尋いた。

「図書準備室――。この時間だと、教室に行っても誰《だれ》かを摑《つか》まえられる可能性は低いからな」

由理奈のデータベースによれば、松宮乃恵美は文芸同好会に所属していた。部室としてあてがわれているのが図書室の奥にある一室、準備室というわけだ。

まったく、落ち込んでるかハードボイルドしてるかで、中間がないんだから——。ぼやきながらも雑巾をデジカメに持ち換《か》え、由理奈もついてくることになった。二の腕《うで》あたりで揺《ゆ》れる、由理奈の束《たば》ねた髪《かみ》（キャンディの包み紙の両端《りようはし》に当たる部分）が妙《みよう》に気になる。並《なら》んで立つと、頭ひとつ半、身長差があるのだ。

廊下《ろうか》の突《つ》き当たりの埃《ほこり》っぽく日なたくさい部屋のさらに奥まった一室。ノックして、ドアを開ける。室内の状況《じようきよう》を把握《はあく》する余裕《よゆう》もなかった。いきなり湧《わ》き起こった凄《すさ》まじい悲鳴と飛来物に追われるように準備室の外に出て、ドアを閉める。

「日本ではあまり知られていない、ハプスブルク家の古式ゆかしい作法か何かなのか、訪問者を悲鳴で出迎《でむか》えたうえで物を投げつけて見送るっていうのは？」

床《ゆか》に散らばったマンガの本やポテトチップスを見ながら、傍《かたわ》らの博識な秘書に尋《たず》ねる。

「この暑いのに、コートを着込んだ男がいきなり女子高生の前に現われたのよ。次に何をすると思われたか、想像はつくんじゃない？」

「俺は至って現実的で、想像力に乏《とぼ》しい人間なもんでね」

「探偵さんのどこが現実的なのよ。存在そのものが非現実的なくせして。——いい？　女子高生の前にいきなり現われたコートを着た男っていったら、バッとコートの前を開くのがお約束《やくそく》でしょ。そうすると、コートの下は……これ以上、言わせないでよ！」

「奇遇《きぐう》だな。俺も、それ以上は想像したくないと思っていたところだ」

由理奈は舌打ちして、床に散らばったものをひとまとめにして、改めてドアのほうを向いた。

「あたしがOK出すまで、おとなしく待っててね」

こちらの返事も待たず、由理奈はドアの向こうに消えた。

タブーへの挑戦《ちょうせん》、秘められたものを追及する意志は、私立探偵の本能だ。扉《とびら》に耳をつける。せめてコップの一つもあれば、もう少し明瞭《めいりょう》に室内の声が聞こえるんだけどな——。

「熱ちちっ！」

いきなり引き開けられた扉に擦《こす》られ、耳たぶを火傷《やけど》してしまう。反射的に耳たぶを摘《つ》まんだが、何の意味もないことに気付いて、放す。だからといって、火傷した耳たぶを反対側の耳たぶにくっつけて冷やすというわけにもいかないが。

「どうしたの、探偵さん？」

思わず出てしまった情けない悲鳴を取り返すことはできないが、挽回《ばんかい》のチャンスはあるだろう。表情を引き締《し》め、適当なセリフを頭のなかで見繕《みつくろ》う。

だが、口を開く前に、由理奈に室内に引っ張り込まれる。

部屋の中には長さ二メートルに少し足りない程度の机が二つ並べられ、そのまわりに、セーラー服こそお揃《そろ》いだが、さまざまな体格・顔立ち・髪形の女子高生が一〇人ほど、ファッション雑誌やマンガを広げながら、机の上のスナック菓子《かし》などを摘まんでいた。もっとも、ほとんどの女の子たちはページやスナックに伸ばした手を止めてこちらを見ている。もしも国語辞典の編纂《へんさん》に協力する機会があれば、「場違《ばちが》い」という単語の用例としては最適の実例としていま現在の状況を提供しようと心に決める。

「全員が全員、メガネをかけた、おさげの似合う娘《コ》で、半分くらいはクラス委員か図書委員で、性格は引っ込み思案で、病弱な娘も混じってたりするってわけじゃないんだな」

傍らの秘書にだけ聞こえる程度の声で言う。あくまでもクールに皮肉っぽく聞こえるように心掛《こころが》けながら。

「何処でそういう知識を仕入れてくるんだか。だいたい、現代風俗は女子高生が作ってるって言ったのは探偵さんでしょ？　それで、その程度の認識？」

ああ、耳が痛い。――いろんな意味で。

「私立探偵とは孤独なものだ。軽い冗談《じょうだん》で、どうしてそこまで言われなきゃならないんだ？」

「冗談？　本気で誰かの受売りをしたんだとばっかり思ってたわ」

事件の真相に一歩でも速く近づけるように、多方面からの情報吸収を日頃《ひごろ》から心掛けているんだが、社会評論家の言うことと、ゲーム評論家の言うことを同時吸収するというのも、食合わせが悪かったかもしれない。もっとも、冷たい視線に耐《た》えるのも、私立探偵の仕事の一つだ。

「何でしょう？」

長い机のいちばん向こうにいた、会長と思《おぼ》しき三年生の女子が尋《き》く。

「俺かい？　覚め切った夢想家《むそうか》、詩を書かない吟遊《ぎんゆう》詩人ってとこかな」

空気が白く重たく冷たくなる。

うーむ。文芸をたしなむ人間が相手だから、〝汚れた街を一人征く現代の騎士〟という自己紹介《しょうかい》を避《さ》ける程度には分別を働かせたんだが。現実は常に夢想家の想像よりも悪い方向へと最大限に裏切るようだ。

「――ええと、これが、さっき説明しました、噂《うわさ》の私立探偵の実物です」

頬《ほお》を薄赤《うすあか》くしながらの由理奈の紹介に合わせて、帽子《ぼうし》を取って一礼する。

「ほんとうにいたんだ」「へえ、あれが本物の」「初めて見た」

ため息とも歓声ともつかない声があがる。隣《となり》の人間の肩《かた》を指先で突っつき、ささやきを交わし、クスクスと笑いながら、それでもこちらから外すことのない視線――。

「なあ、私立探偵ってそんなに珍《めずら》しいか？」

ちょっと自信がなくなって、いつもクールで皮肉っぽい助手に小声で尋ねる。

「幽霊《ゆうれい》や宇宙人のほうが、まだリアルかもね」

密《ひそ》かに孤独《こどく》を噛《か》み締める。あるいは、〝現代の騎士《きし》〟ってキャッチフレーズが古いのかもしれない。最近じゃ、ファンタジーRPGより恋愛《れんあい》シミュレーションかな。

「珍獣扱《ちんじゅうあつか》いが厭《いや》だったら、事務所に籠《こも》りっきりのライフスタイルを改めて、もう少しみんなに顔を売っておけばいいのよ。宣伝にもなるし」

「現代の騎士の誇《ほこ》りにかけて、その提案は却下《きゃっか》する」

揉《も》み手と愛想《あいそ》笑いと営業回り。決して不得意じゃないから厭になるんだよな。

「それで、私立探偵さんが何のご用？」

会長職に就いている少女は、それでも多少の常識と礼儀《れいぎ》を弁《わきま》えているようだった。

「松宮乃恵美嬢《じょう》について、伺《うかが》いたい。彼女《かのじょ》がどんな人間だったのか、何を愛し、何を夢見《ゆめみ》、何を恐《おそ》れ、そして、何故《なぜ》姿を晦《くら》まさなければならなかったのか、手掛かりになりそうなこと、なりそうにないこと、すべてを」

室内を緊張《きんちょう》した空気が満たす。またも視線が集まった。まるで、タキシードを着込《きこ》んだカンガルーがディナーのテーブルについているのを目にしたかのような視線が。その後で、二〇ほどの視線はすべて、机の向こうに集まった。

「――松宮さん、風邪《かぜ》で休んでるって聞いてますけど……」

二〇の視線を受けた文芸同好会会長は、顔面の筋肉すべてに全身の力を込めながら、それだけの言葉を唇《くちびる》の間から押《お》し出した。

よりいっそう室内の緊張が高まったのを感じながら、図書準備室を後にする。

事務所に戻《もど》ってからしばらく、由理奈はぶつぶつ言いながらノートパソコンに向かっていた。

「……行方《ゆくえ》不明の原因は風邪。っていうか、ぜんぜん行方不明なんかじゃなかったんじゃない。何考えてるんだろ、この倉田って娘？　ああ、恥ずかしかった。今に始まった話じゃないけど……」

念のために言っておくと、こっちは何も悪くないぞ。

不意に由理奈が顔を上げ、ビシッと音のしそうな勢いでこちらを指差した。

「だいたい、恥ずかしいとか口惜《くや》しいとか思わないわけ？　ドア閉めたとたんに、大爆笑《だいばくしょう》されて。〝薄汚れた街を一人征く現代の騎士〟なんでしょ？　誇り高いんでしょ？　騎士がプライドを傷つけられたのよ」

「身に余る高い評価のお言葉、慎《つつし》んで御礼《おんれい》申し上げますよ、姫君《ひめぎみ》。実際、不思議には思っているさ。何処に聞込みに行った時も同じなんだ。暇《いとま》を告げ、ドアを閉める。間髪《かんはつ》を置かず、笑い声があがる。――謎《なぞ》だ」

由理奈は、除夜の鐘《かね》が鳴りおわった時の蕎麦屋《そばや》の出前のような表情になり、再びパソコンのキーを叩《たた》きはじめた。そのあいだにコーヒーの支度《したく》をする。

「――はい、お待ち遠さま。文芸同好会のホームページ」

文芸同好会のマンガを読みながらスナックを摘まむ以外の日頃の活動の成果は、ホームページに掲載《けいさい》されている。年に一度の文化祭の時に、それらのなかから選《よ》りすぐったものと、その年のテーマに添《そ》って書かれたものを合わせて、会誌が編纂される。

由理奈にコーヒーのカップを手渡《てわた》し、グラスに冷蔵庫から出した角氷を数個入れると、デスクのいちばん下の抽斗《ひきだし》から〈フォア・ローゼス〉の瓶《びん》を取り出して、中身を注《つ》いだ。

「――そういう面倒くさいことはしないで、瓶ごと冷蔵庫で冷やしておけばいいじゃない。どうせ中身はウーロン茶なんだから」

由理奈の視線は、角氷よりよほど冷たかった。

まずは詩のページに行ってもらう。松宮乃恵美は主に詩を書いていたということだ。スクロールさせた画面が止まる。作者名はただ「ｎｏｅｍｉ」とだけ書いてある。松宮乃恵美の書いた詩だろう。

「なんか、横書きだと、カラオケの歌詞みたいね」

由理奈がつぶやく。主に、自然の情景について書いてあるらしい。その一方で、「携帯電話《けいたい》」のような単語が混じっているのが今風、なのだろうか。

「この詩で見立て殺人をするんだったら、死体をどういうふうにデコレーションするのかとか、全部で何人くらい死ぬと思うかとか、そういう質問なら、パスだからね」

ううっ、根に持ってるのは、どっちだよ。

「――この詩はうまいのかい？」

こういう時の由理奈の表情は、パンダの貯金箱《ちょきんばこ》に似ている。

「俺《おれ》はきわめて散文的な人間なんでね、詩の出来不出来どころか、下手《へた》をすると意味さえ理解できないんだ」

「散文的？　マンガ的の間違いじゃないの？」

あ、胸の奥《おく》が痛い。

「それに、ほんとうに散文的な人間は、自分のことを指して〝散文的な人間〟なんて言回しは使わないと思うけどな、吟遊詩人さん？」

あ、痛い、痛い。胸の奥はだいぶ重傷のようだ。

「謝るよ、助手くん。――それで、どうなんだい？」

両脇《りょうわき》に短い尻尾《しっぽ》の飛び出たキャンディ頭を傾《かし》げて、由理奈は横書きの韻文《いんぶん》を読んだ。

「――あたしも文学的な人間じゃないから断言はできないけど、うまいんじゃないかな？　難しい言葉なんて何も使っていないでしょ。例えば、具体的な花の名前、薔薇《ばら》とか百合《ゆり》とかを出さずに、『花』っていう言葉に他の言葉を組み合わせるだけで、すごく鮮《あざ》やかなイメージが浮《う》かんでくるわけ」

詩は、三つのチャプターから成り立っている。春、初夏、梅雨《つゆ》。連続殺人なら、三件か。

「しかも、言葉の表面だけを追い掛ければ、自然の情景を通して季節の移り変わりしか描いてないんだけど、これって初恋の感情を表現してるわね。ときめきとか、不安とか。はっきりと感情を表わす言葉を使わないでここまで表現できるっていうのは才能じゃないかな」

「散文的である以上に、少女の心理を永遠の謎とする人間としては、このへんはお手上げという感じだな」

「確かに、女の子の気持ちがぜんぜんわかってない人間よね、探偵さんは」

由理奈が深くうなずく。そこまではっきり言わんでも。

「——それから、もう一つね」

少し息を吸い込むと、由理奈は画面に書かれた詩を声に出して読みはじめた。甘酸《あまず》っぱい匂《にお》いのしそうなキャンディ・ボイス。

「ブラボー、ブラボー。——女はみんな女優だということを差し引いても、君は女優か歌手の素質がある。素晴らしい朗読だった」

軽く拍手《はくしゅ》しながら言う。由理奈は少し頬《ほお》を赤くして、メガネを直した。

「あたしが上手《じょうず》なんじゃないの。この詩は、音韻構造がすごく巧《たく》みに出来ているから、正確に発音することを心掛けるだけで、リズムやメロディが自然に出てくるわけ」

試しに口の中で声を出して読んでみる。由理奈の朗読の影響《えいきょう》があるとしても、言葉の並《なら》びは、非音楽的な人間である私立探偵の声にも、テンポと起伏《きふく》を自然発生させた。

「――なるほど」

「納得《なっとく》した？」

「はい、それはもう、海よりも深く」

「それで、どういうつもり？　松宮乃恵美の〝行方不明〟の真相は明らかになったじゃない。風邪って、とってもとっても意外な真相が。それとも、改めて詩の書き方でも勉強するつもりなの、詩を書かない吟遊詩人さんとしては？」

「私立探偵が真実を追及するのは、結局、依頼人《いらいにん》のためなんかじゃないんだ。自分が納得したいからなんだ。誰かが何かを偽《いつわ》っている。それを見過ごせない人間だけが探偵になる。誰もが目を背ける真実の追及、それこそが私立探偵の真骨頂」

「要するに傍迷惑《はためいわく》なのよ。――机《つくえ》の上に立つんじゃない！」

それでももう一度、学生名簿の松宮乃恵美と倉田未沙のデータを呼び出してもらう。

「あんまり事件に対してしつこいと、いつか、ギャングの用心棒にコンクリートの靴《くつ》を履《は》かされて、東京湾《わん》の底でお魚さんと世間話をすることになるんじゃないの？」

……………。意外にハードボイルドだな、秘書くんも。

そして、孤独を身にまとい、勇気と誇りについて考えながら、松宮乃恵美の家まで来たというわけだ。

「——探偵さん？」

丸顔のご婦人——松宮乃恵美のご母堂が、ちょっと心配そうな顔でこちらを見ている。いかんいかん、どうも、いつもの悪いクセで、回想シーンに浸《ひた》り切っちゃってたみたいだ。

「探偵が行動するのは常に、隠《かく》された真相の追及のためです。具体的に言えば、こちらの娘《むすめ》さん、乃恵美嬢の行方不明について、その真相を明らかにしてほしいという依頼がありました。もちろん、依頼人の素性《すじよう》を明らかにするわけにはいきません。依頼人の信頼を裏切ることは私立探偵の掟《おきて》を破ることになります。ついでに、私は暴力にも、金や女の誘惑《ゆうわく》にも屈《くっ》しない鉄の意志をもった男ですから、脅迫《きようはく》や懐柔《かいじゆう》は試みても無駄《むだ》だということを警告しておきます」

このおばさんに誘惑されたら、ちょっと恐いものがあるなあ——。そう思いながらも、言うべきことだけはきっちり言っておく。言いたくてうずうずしてたんだから。

「おかしいわねえ、乃恵美はうちにいますよ？」

「学校には『風邪《かぜ》をひいて休む』と届けてあるんですよね？」

それくらいはとっくに調査済みですよ、なにしろ（噂《うわさ》になるくらい）有能な私立探偵なんですから、というニュアンスを言外に滲《にじ》ませる。さすがに、まるっきり勘違《かんちが》いで走り回っていると思われるのはカッコ悪い。もちろん、風邪というのが〝偽装《ぎそう》工作〟である可能性も期待、いや、考慮《こうりょ》している。他人の不幸を願うわけじゃないけれど、家庭内の複雑な事情、愛憎《あいぞう》のもつれ……。失踪人《しっそうにん》の背景は、なるべくそうであってほしい。もっとも、目の前の人の良さそうな松宮ママを見ていると、自信が揺《ゆ》らぐと同時に罪悪感まで湧《わ》いてくるんだけど。

「ほんとのこと言うとね、風邪じゃないの、乃恵美は」

虚偽《きょぎ》の申告、偽装工作、複雑な家庭の事情！　思わず柵《さく》から植込《うえこ》みのほうへ乗り出している。

「部屋に籠《こも》りっきりで、出てこないのよ。呼んでも、食事にも来ないし。さすがにお腹は空くみたいで、夜中に、あたしたちが寝《ね》た後で台所に降りてきて冷蔵庫を漁《あさ》ったりしてるみたいだけど」

「はあ……」

部屋に籠りっきりといっても、密室ではない。拉致監禁《らちかんきん》なら、まだこちらの得意分野に近いかもしれないけどね。

「中にも入れてくれないし。登校拒否《きょひ》とかってことじゃないと思うんだけど。先生に心配をかけたりしても悪いし、あの子が学校に行く気になってから変な目で見られても可哀想《かわいそう》だと思ったから、風邪なんて嘘《うそ》をついちゃったのよねえ」

「はあ……」

そりゃ、世間体を気にしての嘘っていうのも、一種の偽装工作だけどね。

「風邪じゃないにしても、体の調子が良くないのは、ほんとうらしいのよ。ちょっと神経質なのよね、本番に弱いタイプっていうか、緊張《きんちょう》すると体調が崩《くず》れちゃう質《たち》なの、あの子。高校受験だって、模擬《もぎ》試験とか進路面談では大丈夫《だいじょうぶ》って太鼓判押《たいこばんお》されてたのに、実際の試験の日に体調崩しちゃってね、それで仕方なく今の学校に——あら、ごめんなさい」

確かに我らが母校は、私立探偵を必要とするような、ちょっと変わった学校だ。

「編入試験を受けて、別の学校に移るって言い出したんだけど……」

「別の学校ですか」

松宮ママは、隣《となり》の県の割と有名な進学校の名前を出した。

「大丈夫なのかしらねえ」

「その試験の時には、プレッシャーに負けないで実力を発揮できるといいですね」

あいづちを打ちながら、どうして自分はここまで愛想《あいそ》がいいのか、疑問に思う。建売り住宅の前で主婦と世間話に興じる私立探偵——。あまり思い浮かべたくないビジュアルだ。

「まったく、あの年頃《としごろ》の女の子は扱《あつか》いが難しいけど、それにしても、ねえ……。学校に行きたくないとか、調子が悪いのも、やっぱり何か厭《いや》なことがあったからなのかしら。——探偵さん、よかったら、そこのところ、調べてもらえないかしら？」

一般人からの依頼。勝手にスキップで町内一周しようとする足を何とか押さえつける。

「残念ながら奥《おく》さん、同時に複数の依頼は引き受けないことにしていますので」

「そう、残念ね」

ほんと、残念。いや、でも、いいか。しょせん自分は学校のための探偵、学生のための私立探偵なんだから。

お忙《いそが》しいところ、お手間をとらせて申し訳ありませんでした——。礼を言って松宮家を後にする。振《ふ》り向くと、二階の窓の一つに厚手のカーテンが引かれているのが目に入った。エアコンが入っているのかもしれないが、暑くないのだろうか。

翌朝、二年B組の教室で待っていると、キャンディのセロファンの両端《りょうはし》を揺らしながら由理奈が入ってきた。こちらの姿を認めたのだろう、薪《まき》を背負って読書をしながら歩いているパンダを見かけたような表情をした。

「まさか、授業を受けに来たわけじゃないわよね？」

「現代の騎士《きし》に何を教えたらいいのか、先生も困るだろうしな。——倉田未沙と、松宮乃恵美の最新の写真を用意してほしい。できれば、今すぐに」

デジカメによる隠《かく》し撮《ど》りという、あまり女子高生らしくない由理奈の特技のおかげで、ノートパソコンの学生名簿《めいぼ》には比較的《ひかく》新しい写真がはめ込まれている。最近になって転校してきた倉田未沙についても同様だった。昨日、事務所を訪ねた折に撮影《さつえい》したものがある。由理奈は鞄《かばん》をロッカーにしまい、ノートだけを手に戻《もど》ってきた。肩を並べて事務所に入る。

由理奈が学生名簿から二人のデータを呼び出している間に、二人分のコーヒーを淹《い》れた。

「余計なものは入れないでよ」

純粋《じゅんすい》にコーヒーだけが入ったカップを由理奈のノートの脇《わき》に置く。

「パソコンのそばに水気のものは置かないでって言ったでしょ」

言われたとおり、隣の机の上に置き直す。

「——別にあたしに遠慮しないで、ミルクでも砂糖でも、思う存分入れたら？」

助手の女の子がブラック・コーヒーをガブ飲みしているのに、時代遅《おく》れの誇《ほこ》り高き騎士が甘《あま》いミルク・コーヒーを飲むわけにはいかないじゃないか。

萎《な》えかかったハードボイルドな気分を盛《も》り返すために、CDラジカセのスイッチを入れ、ペギー・リーを聞く。

「——何て曲？」

珍《めずら》しく由理奈が興味を示す。

「『ブラック・コーヒー』。歌手はペギー・リーだ」

「やっぱり？　歌詞が聞き取りやすい歌い方だから、そういうタイトルじゃないかなって」

確かに、他のヴォーカリストに比べると明瞭《めいりょう》な歌い方かもしれない。視線が合うと、由理奈はメガネフレームの奥で目を細めた。

「でも、『ブラック・コーヒー』って歌を聞きながらブラック・コーヒーを飲むって、ちょっと間抜《まぬ》けよね。言ってみれば、『スケーターズ・ワルツ』に合わせてスケートをするみたいなもんじゃない？」

「でなけりゃ、インスタント・コーヒーのセンスの悪いコマーシャルとかな」

「そうそう」

笑ってごまかしたが、これはけっこう深遠な疑問かもしれない。だが、考察を始める前に、由理奈の作業は終了した。礼を言って、プリントアウトを受け取る。

「――それで、新しい謎でも見つかった？　帽子《ぼうし》がよれよれだけど？」

「実は、帽子が防水加工されていないことを忘れていてね――」

昨日の、松宮宅訪問の一件を簡単に説明する。話すにつれて、由理奈の眉毛《まゆげ》は八の字に垂れ下がった。

「それでも、まだねばるつもり？」

ため息混じりの質問。

「君は重要なことを見落としているな、秘書くん」

「あたしは〝助手〟ですってば」

「松宮乃恵美の件を終わりにするとしても、依頼人に報告、了解はとらなくちゃならない、そうだろ？」

「まあ、そうね」

いまは何も書かれることのない黒板の上で、スピーカーから予鈴《よれい》が流れる。教師も学生もいないはずの部屋なのに、律義に放送だけは入るのだ。

「いけない、HR始まっちゃう。——あ、飲みおわったカップはすぐに洗っといてね。こびり付くと取れなくなるから」

自分のコーヒーを勢いよく飲み干した由理奈は、畳《たた》んだノートパソコンを小脇に抱《かか》え、汚《よご》れた街を一人征《ゆ》く現代の騎士がいまだに存在していることについては教えてくれそうにない授業を受けるために、小走りに廊下を教室に向かった。

空になったカップふたつを水飲み場で洗いながら、この場に流れたら間抜けさを強調するだろうジョニー・マーサーのナンバーをいくつ思いつけるか、考えてみた。一個も浮《う》かばない。

「——た〜んていは〜こど〜くだ〜……」

「あら、いらっしゃい、健康優良児」

白い部屋の女主人、白衣を着たショートボブの女は、化粧《けしよう》っ気のない顔に笑みを浮かべた。

「人の顔を見るなり、それはないだろう、先生？」

「あら、『健康は金で買えない』とまでは言わないけれど、けっこう高くつくわよ。自前の健康で間に合わせることができるんなら、それに越《こ》したことはないじゃない」

言いながら、畑沢今日子《はたざわきようこ》は白衣のポケットから紺《こん》の箱《はこ》を出し、一本咥《くわ》えた。ジッポの火を差し出すと、ショートホープの先をヒクヒクさせて礼を言い、深々と吸い込んだ。

「今時の高校生としては飛び抜けて健康。やっぱり、お酒もタバコも博打《ばくち》もやらないから、基本的に体がきれいよね」

灰皿《はいざら》には、どこから持ってきたのか、コーヒーの空き缶《かん》を使っている。それこそ、今時の高校生だったらやらないような喫煙《きつえん》スタイルだ。

しかし——。仮にも高校の養護教諭《きようゆ》が口にする言葉とは思えんな。

「あら、何よ、その顔は。デリケートな男子高校生の感受性に配慮して、〝飲む〟〝打つ〟はやってないって言ったけど、〝買う〟ほうに関しては言及《げんきゆう》を避《さ》けたでしょ？」

「そういうふうに説明しちゃったら、同じことですよ」

勧められていないけれど、椅子《いす》に腰《こし》を下ろす。背もたれのない、平べったいキノコみたいな丸い椅子。肘掛《ひじか》けに頬杖《ほおづえ》を突《つ》いてタバコをふかしている畑沢先生の前でこの椅子に座ると、まるっきり病気の子どもみたいな気分になる。

「厭だなあ、バリバリの健康体だなんて。まるでボクが靴底をすり減らして聞込みをやる、体だけが元手の地道な探偵みたいで、全然、気分出ないじゃないですか」

「あら、そんな顔したら、せっかくのトレンチコートが台無しよ。それに、ギャングの用心棒と殴《なぐ》り合える程度の健康さは必要なんじゃないの、ハードボイルドの探偵さんにも。だいたい、ニコチンもアルコールも抜きで、それだけ渋《しぶ》い声なんだから、渋さが足りないなんて気にすることもないわよ。それでも、ハードボイルド探偵らしい影《かげ》が欲しい？　いっそのこと、適当な民族紛争《ふんそう》地域に出掛けていって、従軍経験でも積んだら？　今時ベトナム帰りでもないだろうし、充分な箔《はく》になるんじゃない？」

無茶苦茶なことを。

「それで、今日は何の用かな、探偵クン？」

一服が終わり、手許《てもと》の書類仕事も一段落して、こちらに脳細胞を向けるゆとりが出来たのだろう、今日子女史が尋《き》く。こっちも、無理矢理にでも探偵に戻ることにする。

「このお嬢《じょう》ちゃんを見かけなかったかい、先生？」

由理奈がプリントアウトしてくれた松宮乃恵美の写真を差し出す。

「――一年C組の松宮さんが保健室の常連だったかって素直には尋けないのね」

「いや、写真を見せたほうが私立探偵って感じしません？　そうか、見なかったなら、それでいい。邪魔《じゃま》したな……なんて感じで。――いや、まあ、つまり、そういうことだよ、先生」

「だったら、場末のバーのカウンターにでも聞込みに行きなさい」

「この学校にバーがあったら、ボクだってとっくに行ってますよ。それで、どうなんですか、先生？」

「松宮さん、入学直後から、ちょくちょく来てたわよ。特に体質的にどうこうってわけじゃないけれど、神経が細いっていうのかな、ストレスやプレッシャーに弱いみたい。ちなみに、今日も休んでるわね」

私立探偵に掟《おきて》があるように、医者には医者の義務がある。秘密を守らねばならないという義務が。そして、私立探偵には、他人の秘密を嗅《か》ぎ出す仕事もある。そのために扉《とびら》をこじ開けなければならない場合もある。いや、やめておこう。無粋《ぶすい》な空《あ》き巣狙《すねら》いや押込《おしこ》み強盗《ごうとう》の真似事《まねごと》は。

「もう一つ、こっちのお嬢さんはどうかな、先生？」

今度は倉田未沙の写真だ。今日子女史は、じっくりと眺《なが》めたうえで、「趣味《しゅみ》じゃないわね」とでも言いそうな様子で首を横に振った。

「ありがとう、参考になったよ、先生」

「いえいえ、どういたしまして。――はい、ギムレットには早すぎるからね」

言いながら、自分は二本目のショートホープに火を点《つ》け、こちらにはデスク脇《わき》の小さな冷蔵庫から出したミネラルウォーターのペットボトルを放る。重ねがさねのご好意に甘《あま》えることにして、五〇〇ミリリットルのボトルを空にする。

「ところで、お礼の言葉もいいけど、たまには埋合《うめあわ》せをしてもらいたいわね」

空のボトルをデスク脇に置くと、今日子女史は妙《みょう》に鼻にかかった声を出した。

「私立探偵らしく、タフで、優しいところを見せてほしいわ。――じっくりと」

畑沢先生の指が伸《の》びて頰を撫《な》でたとたん、腰の後ろから首筋にかけて電気が流れた。

「幸い、ベッドも空いてるわ。どう、二人きりで、ちょっとアダルトな時間を過ごすっていうのは？」

蕩《とろ》けるような笑み。今まで気付かなかったけど、先生からはいい匂《にお》いがしている。職業柄《がら》、フレグランスの類《たぐい》じゃないだろう。聞込み先で美女に迫《せま》られる――。こういうシチュエーションって、ハードボイルドの真髄《しんずい》のはずだ。はずなんだけど。

「あの、先生、ちょっと、ボク、学校だし、授業中が、その、高校生ですから、いや、一時限めはもう始まってるんですけどね……」

身の危険を感じて、すでに腰が浮いていたのは自分でも情けなかった。

「――だったら、健康体は早く出ていって。邪魔なのよね。君がいると、お客さんが怯《おび》えて入ってこないから」

先生はニッコリ笑って、爪《つめ》の先《さき》でデコピンを食らわすと、デスクの仕事に戻った。

「ああ……ええと……その……なんだ……邪魔したな、先生」

日頃の鍛練《たんれん》の賜物《たまもの》で、渋い声ならいつでも出せる。顔の筋肉を引き締《し》めることにも何とか成功した。左右の手足を落ち着いて交互《こうご》に前に出すことを心掛け、どうにか保健室を出て、後ろ手に扉を閉め、ほっと一息つく。とたんに、扉の向こうで笑い声が爆発《ばくはつ》した。

愛と欲望、そして名誉について、少しだけ考えてみる。

「――探偵って、すっごく孤独《こどく》……」

用務員の源《げん》さんにプリントアウトを見せて、心当たりを尋《たず》ねる。体育館の裏という人気《ひとけ》のない場所で所在なげにしている彼女《かのじょ》を見つけるのは、比較《ひかく》的容易だった。

「倉田未沙さん？」

初めて実際にお目にかかった彼女を何かに喩《たと》えるとすれば、牛あたりが適当だろうか。それも、オージー何とかとか黒毛和牛とかではなく、ホルスタインとか、そういった類の。念のために付け加えれば、彼女の髪《かみ》は脱色《だっしょく》されていて冴《さ》えない金色だった。涎《よだれ》こそ垂らしていないもののの、口を絶えずクチャクチャ動かしているところも牛を連想させる。これで、鼻ピアスでもしていれば、完璧《かんぺき》に牛だ。もっとも、牛の基準で考えれば、目は切れ長すぎるし、鼻筋は通りすぎているし、口は小さすぎるし、顔の輪郭《りんかく》も卵型に近すぎて、まるでちょっと可愛《かわい》い人間の女の子みたいじゃないか、と苦情が出ることになるんだろうが。

「ひょっとして、探偵、あんた?」

良く言えばハスキーな声。かすかにニコチンと薄荷《はっか》の臭《にお》いがする。

そうだと答えると、彼女は顎《あご》の筋肉の運動を途切《とぎ》れさせることなく、一〇秒ほどこちらを観察、あるいは値踏《ねぶ》みした。

「それにしちゃ、頭悪そうだけど」

どこかで勤勉な油蟬《あぶらぜみ》が鳴いているのが聞こえる。

彼女も、探偵とは童謡《どうよう》の歌詞に見立てた連続殺人の起きる人里離《はな》れた山荘《さんそう》に何故《なぜ》か必ず居合わせるディレッタントだと思いこんでいるクチかもしれない。生憎《あいにく》と、天眼鏡片手に、床《ゆか》を這《は》いずり回って、長い絨毯《じゆうたん》の毛足の間から、被害者のものではない髪の毛や、奇妙《きみよう》な形に曲げられた針金を見つけ出すのは、うちの営業品目にはない。

「確かに、ある種の頭の悪さがなけりゃ、私立探偵なんて務まらないだろうな。頭の回転が速

くて、世渡《よわた》り上手《じょうず》な連中は、もっと日の当たるところを歩いているさ、人生の裏街道のサービスエリアみたいな探偵事務所には一顧《いっこ》だにせずにな」

表情のない目がこちらを一瞥《いちべつ》しただけで、彼女は何も言わなかった。まあまあ出来のいいセリフだと思ったんだけどな。

「――風邪《かぜ》だ。そう、文芸同好会の会長は言っていた」

今度はこちらを見もしない。

「もういい」

「いいもんか」

彼女は答えず、胸ポケットからバージニア・スリムを出した。差し出したジッポには目もくれず、タバコといっしょに箱《はこ》に入れてあった一〇〇円ライターで火をつけた。口の中に煙を溜《た》めて、細く吐《は》き出す。最後のほうに咳《せき》が混じった。

「健康のため、吸いすぎには注意したほうがいい」

「あんただって、吸ってんだろ」

手の中のジッポを見て言う。

「これか？　これはお守り代わりさ。こいつを胸ポケットに入れておく。俺《おれ》の命を狙《ねら》う奴《やつ》の撃《う》った弾《たま》も、投げたナイフも、みんなこいつに命中して致命傷《ちめいしょう》が避《さ》けられるって寸法さ」

今年は例年になく油蟬が懸命《けんめい》に鳴いているようだ。その割には寒い。あるいはここだけなのかもしれないが。

沈黙が耐え切れないくらい重たくなったところで、咳払《せきばら》いをして、本題に入ることにする。

「俺は君の依頼《いらい》を受けた。受けた以上、仕事は最後まできちんとやる。だけど、そのために二つ三つ確認したいことがある。答えてほしい。――携帯《けいたい》、持ってるかい?」

面倒《めんどう》くさそうに、未沙は電話機を取り出した。目つきの悪い動物の付いたストラップが揺《ゆ》れている。

「どうして、松宮乃恵美くんに電話しなかったんだ?」

「乃恵美、携帯、持ってないし」

「珍《めずら》しいんだな、今時。だけど、電話は携帯だけじゃないだろ? 自宅の電話にかけたってよかったんじゃないのかな」

「イヤじゃん」

「何が?」

「取り次いでもらえなかったら、イヤじゃん」

「同様に、門前払いを食わされるのもイヤだから、直接訪ねていくこともしなかった。だから、私立探偵を雇《やと》った。そういうことか」

未沙は鼻で笑った。たぶん、笑ったんだと思う。短く息を吹《ふ》き出した。

「そうまでして、彼女のことを知りたいのか？」

「もういい」

「言い直そうか。君と彼女の関係は？」

「何でもない。何にもない。乃恵美がそう言ったんだろ」

「彼女は、実際には風邪じゃなかった。未沙は立ち去りかけた。

捨てたタバコを踏みにじってから、未沙は立ち去りかけた。

未沙の歩みは止まらない。

「君は、彼女と中学が同じだったな。友だちだったのかい？」

「知らない」

「彼女は、もうすぐ、別の学校に行く。編入試験を受けるそうだ」

「——別に」

一度は止まりかけた未沙の歩みだが、完全に止まることはなく、体育館の向こうへと姿を消した。

「——女心は永遠の謎《なぞ》だな」

言ったとたんに、何故《なぜ》か背後を秋風が音を立てて吹き抜《ぬ》けていったような気がした。いや、背中の後ろではなく、唇《くちびる》の間だったかもしれない。「わび」とか「さび」とか、日本的な美意識というものに、少しだけ思いを馳《は》せる。

もう一度、ポケットからプリントアウトを出す。学生名簿《めいぼ》のオリジナルに添付《てんぷ》されていたはずの、おそらく入学時に撮《と》ったのだろうモノクロ写真では、倉田末沙の髪は黒かった。手許《てもと》の最新版、つまり、たったいま立ち去った彼女の一日前の写真とはかなり印象が異なる。いま現在はどうか知らないが、松宮乃恵美は黒い髪をきっちりと三つ編みにしたおとなしく真面目《まじめ》そうな子だ。プレッシャー負けしやすい質《たち》だと言われたら、ほとんどの人間は納得《なっとく》してしまうだろう。

明らかになった内容を報告し、依頼された件をそれで終了《しゅうりょう》にするのは、うまくいかなかった。もっとも、それほど本気で仕事終《じま》いにするつもりもなかったんだけどね。

「――しょうがねぇな」

孤独《こどく》な騎士《きし》は孤独な長距離《ちょうきょり》ランナーに変じ、空間を移動することで時間を過去へ遡《さかのぼ》ることにする。健康優良児――。畑沢教諭《きょうゆ》の言葉が脳裏を掠《かす》めた。

七篠高校から隣《となり》の市にある桜台《さくらだい》中学まで走るのは、養護教諭の保証つきの健康優良児にとってもけっこうな難事業だった。そのうち、クライスラーでもフォードでもベスパでもシトロエンでもカマロでも、人力以外の移動手段を調達しよう。もっとも、しがない私立探偵《たんてい》の身の上では、自動車ローンも組めないだろうが。

大昔《おおむかし》の刑事《けいじ》ドラマじゃないんだから、聞込《ききこ》みに行くのに走る必要はないんだと気が付いた時には、すでに桜台中学の前だった。

汗《あせ》を拭《ぬぐ》い、息が治まってから、「受付」と書かれた小窓のガラスをノックする。女性の声で応《こた》えがあり、ガラス戸が開いた。事務服のよく似合う、けっこう可愛い感じの女性だ。つぶらな眼で見られてから、重大な失策に気付く。受付嬢《じょう》と交わすための会話のネタを考えておかなかった。相手のきょとんとした表情を意識すると、アドリブも出てこない。

「どういうご用件でしょう？」

声と表情にあからさまに警戒《けいかい》感。まずい。頭のなかから水分が蒸発していくような気分で、意味もなくアハハハなんて笑ったりしている。いかん、クールでニヒルな表情を保つんだ。愛想《あいそ》笑いでごまかす私立探偵なんて、健康優良児の私立探偵よりもっと情けないぞ。

「お先、いいですか？」

後ろにいた中年女性が形ばかりの確認をとって前に出る。保護者なのだろうか。何やら話してから、スリッパに履《は》き換《か》えて校舎の中に入っていく。

受付の脇《わき》の壁《かべ》には、畳《たたみ》一枚分ほどの大きさの鏡があった。その前で服装《ふくそう》をチェックし、顔をうつむける角度を調整し、表情を引き締《し》め、発声練習をする。――OK。あとは会話の内容だけだ。いや、会話じゃなくてもいい。小粋《こいき》なワン・フレーズを貴女《あなた》に。手帳を出して、ページをめくる。あの事務服がシャネルってことはまずあり得ないよな――。

チャイムが鳴る。同時に、四方八方からまだ高い声がわんわんと湧《わ》き上がる。生徒にはあまり関係ないはずの来賓《らいひん》用の昇降口《しょうこうぐち》にもぱらぱらと夏服の中学生たちが姿を見せた。

「何、あれ?」「撮影《さつえい》じゃないの?」「嘘《うそ》ぉ」「お笑いだよ」「カメラどこかな、カメラ?」「コスプレだよ、コスプレ」

はっきりと指差して笑うわ、遠慮《えんりょ》なく見るわ、まったく、子どもというものは――。

再び受付の窓口のガラス戸をノックし、受付嬢が何を言うより早く名刺《めいし》を差し出す。

「去年の三年D組を担任していた先生にお目にかかりたい。――大至急」

大至急という一言が効いたわけではないのだろうけれど、受付嬢は内線で職員室につなぎ、目指す教師(高木《たかぎ》というらしい)を呼び出した。

「……ええ、そうです。山田太一郎って、いえ、シナリオライターじゃなくって、私立探偵って……ええ、名刺にそう書いてあります。ちゃんと住所も電話番号も書いてあります……」

どうやら効果を発揮したのは名刺らしい。滅多《めった》に依頼人の来ないうらぶれた私立探偵でも、使うべきところには経費を使っておいたほうが良いようだ。

「――応接室でお待ちになってください」

緩《ゆる》みかけた頰《ほお》を引き締め、事務室の反対側の応接室で高木教諭を待つ。

「お待たせしました――」

入ってきたのは、ワイシャツの袖《そで》をまくり上げた、恰幅《かっぷく》のいい中年男性だった。苦労性なのか、頭頂部はバーコード状態。首の後ろを頻《しき》りにハンカチで拭《ふ》いているのも、暑さのためばかりではあるまい。

だが、その手が止まり、食卓のサラダのレタスの陰《かげ》に青虫を発見したような表情になる。

「何だ、君は?」

受付嬢にしたように、名刺を差し出す。

「――何だ、これは。七篠高校の住所じゃないか。電話は携帯電話だし。――君、七篠の生徒なのか? 授業はどうしたんだ、授業は!」

相手が自分より〝下〟の人間だと思うと、とたんに居丈高《いたけだか》になる。教師に限らず、〝センセイ〟と呼ばれる人種に共通の習性だ。生憎《あいにく》なことに、社会の裏側を歩かなきゃならん男にはそれなりの奥《おく》の手ってモンがあるんだよ。――使うの初めてだけど。

「そんな妙《みょう》な格好で、不良とも思えんが――」

「いいんですか、センセイ? そんな口のきき方をして」

相手に負けない居丈高な口調で言う。教諭は、レタスの陰の青虫がしなを作ってウィンクしたのを見てしまったような顔をした。

「知ってるんですよ、センセイ。あなたが絶対に知られたくない、あのことを」

最後は意味ありげな笑みで締めくくる。

「何のことだ、いったい――」

とぼけているつもりだろうが、言葉の最後が微妙《びみょう》に震《ふる》えているのを聞き逃《のが》さない。脈あり。

「困りますなあ、センセイ」

顔の前に人差し指を立て、チッチッチッと舌打ちする。

「私がどういう職業の人間なのか、お忘れですか？」

「七篠高校の学生――」

「そうじゃなくて」

こちらを頭の天辺から爪先《つまさき》までずずいと見て、さらに手許の名刺を穴が開くくらい凝視《ぎょうし》してから、高木教諭は自信なげに口を開いた。

「……………………………………………………私立探偵？」

「ピンポーン！」

まだ昼前だというのに、カラスが鳴きながら背後を横切ったような気がした。たいして冷房《れいぼう》も効いていない部屋だというのに、ちょっと寒いかもしれない。

負けないぞ。タフで、立ち直りだけは早いんだ。咳払《せきばら》いを一つ。ほーら、もう立ち直った。

「——それで、私立探偵の仕事がどのようなものだか、センセイはご存じですか？」

「各地の露天風呂《ろてんぶろ》を混浴グルメツアーしながら、合間合間に殺人事件の謎を解く——」

「そうじゃないっ！」

右手に激痛が走る。思わずテーブルをぶん殴《なぐ》ってしまった。

「…………大丈夫《だいじょうぶ》かね、君？」

「武器を持つ右手を他人に預けないのは、社会の裏側に生きる男の心得……」

太腿《ふともも》の間に右手を挟《はさ》み、痛みを堪《こら》えながら、真実の追及に戻《もど》る。しかし、おっさん、仮にも教育者なら活字のミステリくらい読めよな。でなけりゃ、出来のいい映画を見るとか。湯煙グルメ連続殺人事件の二時間ドラマばっかりじゃ、情けねぇぞ。

「私立探偵の仕事というのは、興信所の調査員のすることと似たようなもんです」

不本意ながら、これは効果があった。浮気《うわき》、素行調査、尾行《びこう》、盗聴《とうちょう》、隠《かく》し撮《ど》り、証拠《しょうこ》……。

そんなろくでもない単語がバーコード頭のなかを駆《か》け巡《めぐ》っているのは明らかだった。

「いいんですかね、センセイ？　例の件をパーッと公開しても？　職を失い、女房子どもには逃《に》げられ、一生、お天道様の下は歩けない。——それでもいいんですか？」

「待てっ！」

「待て？」

「いや、待ってくれ……待ってください」

対面のソファに座った高木教諭は、青虫をレタスごと嚙《か》み砕《くだ》いてしまったような表情を、作り笑顔に塗《ぬ》り込《こ》め、また忙《せわ》しなく首の後ろを拭きはじめた。

「何だ……その……いくら欲しいのかね？」

身を乗り出し、ささやくように言う。

「私は公立中学の教師だ。大した金額は出せないが、毎月少しずつなら……」

教育界の荒廃《こうはい》は、ここまで進んでいるということか。後ろ暗い秘密の二つや三つ抱《かか》えているというのも、また、〝センセイ〟と呼ばれる人種に共通の生態といっていいだろう。いや、これは〝センセイ〟族に限らないかもしれないが。それにしても、何やったんだ、おっさん？

「誤解《ごかい》なさっちゃ困りますね、センセイ。確かに私は依頼人の利益のためなら少々の不法行為《こうい》も辞さない男ですが、他人の弱みを握《にぎ》ってそれをネタに恐喝《きょうかつ》するなんて卑劣《ひれつ》な行為は、憎むところこそあっても、みずから実行することからは最も遠い男でもあるんです。そう、何といっても私は、〝汚《よご》れた街を一人征《ゆ》く現代の騎士《きし》〟なんですから」

高木教諭《きょうゆ》のハンカチを持った手が止まり、口が半開きになった。三歳《さい》ほど老《ふ》けたようにも見える。――フッ、勝ったな。

「ちょっとした質問に答えていただけますか？　もちろん、情報源がセンセイであることは絶対に秘密にします」

かっくんと教諭の首がうなずく。そう、人間、素直なのがいちばん。

「今年の三月まで、三年Ｄ組の担任をなさってましたね？」

かっくん。

「松宮乃恵美嬢をご記憶《きおく》ですか？」

デジカメのプリントアウトを差し出して尋《き》く。再び、かっくん。

「どんな生徒でしたか、乃恵美嬢は？」

またしてもかっくん。

「そうじゃないでしょ、センセイ！」

テーブルを叩《たた》く。今度はちゃんと左手だ。それにしても、こっちの話をきちんと聞いて理解してるんだろうな。不安になるぞ。

ふと我に返ったような顔で、高木教諭は汗を拭き、松宮乃恵美について語りはじめた。真面目な生徒。周囲の期待に応えようとする優等生。おとなしく控《ひか》えめ。品行方正。

「親しい友人とかは？」

いちばんの親友は倉田未沙だった。クラスが一緒《いっしょ》というだけでなく、クラブ活動まで一緒だったのだから。おとなしい乃恵美を明朗活発な未沙が誘《さそ》ったのだ。

「倉田未沙って、この娘《こ》ですよね」

もう一枚のプリントアウトを差し出す。教諭は〝かっくん〟をしてくれなかった。しばらく写真を見てから、自分を納得《なっとく》させるように細かく何度もうなずいた。

「いえ、ちょっと感じが変わっていたものですから。確かに、この娘です。だけど、中学時代は真面目な娘だった。彼女が不良になったとしても、それは私の責任じゃない。いや、ほんとうですよ、私のクラスには苛《いじ》めとかそういった問題はなかったんです。ほんとうだ」

尋きもしない問題についても証言してくれるとは、高木教諭は非常に協力的だ。

礼を言って席を立つ。ドアのところで立ち止まり、振《ふ》り返る。

「――ところで、二人は何のクラブだったんですか？」

立ち去ると見せかけて、相手が安心した隙《すき》を突《つ》く、高等テクニック。なかなかやるなと、自分でも感心する。

「あ？　ああ、確か、文芸部です。詩を書いていたとか」

「作品とか、残っていますかね？」

「さあ？　年度ごとに処分しますから、残っていないんじゃないでしょうか」

「そうですか。——では、失礼します」

再びドアにかけた手を高木教諭が掴《つか》む。何事かと振り向くと、教諭は顔中に汗《あせ》を浮《う》かべて、泣き笑いのような表情になっていた。

「あの、あのことは黙《だま》っていてくれ……黙っていてください」

掴まれた袖《そで》をじっと見詰《みつ》めると、教諭は初めて気付いたように手を放し、ついでにハンカチで埃《ほこり》を払《はら》ってくれた。

「あのこと？　何ですか、あのことって？」

「いや、忘れたふりをしてくださるのなら、私も助かります。どうも、ありがとう」

知らないことは忘れようもないのだが、わざわざ誤解を解いてやる必要も感じなかった。どんよりと胸に淀《よど》んだものに比べればささやか過ぎる勝利感を胸に桜台中学を後にしようとすると、女性の声がした。

「ちょっとボク——」

受付嬢の言う〝ボク〟というのが自分のことだと気付くのに七秒ほどを要する。いや、ほんとうなら、気付きたくなかったのだ、永遠に。

「そう、探偵のボク。ちゃんと靴《くつ》を履《は》き換《か》えて、スリッパは元のところに戻しておいてちょうだいね」

仕事熱心な公立中学校事務員に最大限の敬意を表しながら、その指示に従う。

〝ボク〟……。身長一八三センチの高校二年生——いや、アスファルトの荒野を征く一匹狼《いっぴきおおかみ》を捕《つか》まえて〝ボク〟……。やはり最初に粋《いき》な文句の一つもかけられず、彼女のハートにインパクトを与《あた》えられなかったのが敗因だろうか。二人の間に横たわる年齢差《ねんれいさ》という深い淵《ふち》のためだとは思いたくなかった。

帰途をたどりながら、男と女、出会いと別れについて思索《しさく》を巡らせる。

「ボク……あのアマ、今度会ったら、はっきり〝オバン〟と呼んだろかい！」

心の叫《さけ》びは、夏の陽射《ひざ》しに焼かれて虚《むな》しく燃え尽《つ》きた。——探偵は孤独だ。

事務所に戻ったのは、六時限めの終わる少し前だった。思いっきりアルトの音を浴びたくなって、タンパのペッパーをCDラジカセのトレイに乗せ、ボリュームを目いっぱい上げた。そして、知恵の輪を玩《もてあそ》びながら、いろいろなことを考えた。例えば友情とか孤独とか、まあ、そんな、いろいろなことを。

「この雑音を何とかしなさい、校則違反《いはん》！　今はまだ授業中よ」

〝校則違反〟に〝健康優良児〟、それから〝ボク〟。どうしてちゃんとした名前で呼んでもらえないんだろう。いや、本名はアレだから、ちゃんと〝探偵〟と呼んでほしい。

並《なら》べた机の上から身を起こす。事務所の戸口には、わが天敵が立っていた。

「雑音とはひどいですね、中古屋を何軒《なんけん》も歩き回って見つけたのに。それに、今はまだ授業中なんじゃないですか、風紀委員長殿《どの》?」

皮肉っぽく笑って言う。しかし、風紀委員長——成田美樹は笑ってくれなかった。

「今日もサボったのね」

授業には出ませんでしたけど、探偵業務には精を出してましたよ。

「——この教室を不良どもから取り返した実績は認めるわ」

まるで懐《なつ》かしむみたいに、美樹はぐるりと教室を見回した。

空き教室にたむろしている、もう一〇年くらい高校生をやってるんじゃないかって連中に対して、坊《ぼう》やたちはお家《うち》に帰ってママのオッパイでもしゃぶってな、なんてセリフを吐《は》くのはかなりきつかった。セリフを吐くだけでもきつかったのに、その結果として起きたことまで引き受けたんだから、きつさは半端《はんぱ》じゃなかった。——もう、済んだことだけどね。

「でも、そこをサボりのための場所に使ったんじゃ、同じことじゃない。先生たちは何も言わないけど、あたしは絶対に認めませんからね」

美樹は、まっすぐにこちらを見据《みす》えて言った。黒板の上のスピーカーから授業終了のチャイムが流れる。偶然《ぐうぜん》のタイミングなのだろうが、まるで演出家がこの対決場面の緊張感《きんちょう》を高めようとして流したみたいだった。

「真面目に授業は受けない。空き教室を勝手に使う。授業に必要のない私物を持ってくる。健康なのに保健室には入り浸《びた》る。授業時間中の飲食。あげくの果てには他の学校に勝手に入り込む。——どういうつもりなの？」

今日、他の学校に出掛《でか》けていったことまでよくご存じで。風紀委員長ともなると、一介の私立探偵では太刀打《たちう》ちできないほどの情報網《じょうほうもう》をもっているのかもしれない。

「太一郎くん、昔からそうだったわね。思い込みが激しくて、お調子者で、他人の頼みは断われなくて……」

長い睫毛《まつげ》を伏《ふ》せる美樹。やめい！　それだけはやめてくれ！

だが、美樹がもの思わしげに目を伏せたのは一瞬《いっしゅん》だけだった。

「そんなに探偵がやりたいなら、無理して学校なんかに通ったりしないで、やめてしまえばいいんだわ！」

「そんなの駄目《だめ》よ！」

いつになく迫力《はくりょく》のあるキャンディ・ボイス。美樹の後ろに、授業が終わって駆《か》けつけてきたのか、由理奈が立っていた。

「図書準備室に行った時にわかったでしょ？　くだらない私立探偵ごっこにつき合うと、あなたまでこの変人の同類だと思われるわよ、小林さん」

「それについては、もう諦《あきら》めてます」

「でしょうね。可哀想《かわいそう》に……」

何か一言でも反論の言葉が出ることを期待したのは、蜂蜜《はちみつ》よりも甘《あま》い観測だっただろうか。

「でも、学校をやめろなんて、ひどいわ。探偵さんは、誰《だれ》よりもこの学校のことが好きだし、学校にとって必要な人間なのよ」

「必要ありません。困ったことがあれば、担任の先生に相談すればいい。各教科、部活の顧問《こもん》でもいいわ。健康のことなら、保健の先生がいる。自称〝私立探偵〟の出る幕はないわ」

「あるもん。先生や親があてにならない、相談できる友だちもいない、そんなことだってあるもん」

「ただの理屈《りくつ》だわ。実際のところ、誰も彼《かれ》をあてにはしてないでしょ?」

「依頼人《いらいにん》がいたもん。依頼があったから、昨日から探偵さんは忙《いそが》しく走り回って、水をかけられたり、物を投げられたり、笑われたりしてるんだもん」

何だかなあ……。ちょっと幼児口調が入っているけれど、由理奈は懸命《けんめい》に美樹に反論している。同い年、ついでに言えば同じメガネっ娘《こ》なんだけど、まるで感じが違《ちが》う。

「――どうせ女の子でしょ、依頼人って」

白い目で美樹が言う。情け容赦《ようしゃ》のない攻撃《こうげき》だ。しかも的確にこちらの弱点を突《つ》いてくる。いや、グッと言葉に詰まったところを見ると、由理奈にとっても痛いところを突かれたらしい。あ、でも、悪いのはこっちか。

「依頼人の素性《すじょう》や依頼内容に関しては明らかにできません。これでも職業倫理《りんり》は守る男ですから。でも、私の助手の言っていることが事実であることは、名誉《めいよ》にかけて保証します」

手許《てもと》に聖書はないけれど、とりあえず宣誓《せんせい》のポーズをとって言う。美樹は鼻で笑った。

「そんなに〝誇り高き現代の騎士〟ごっこがしたければ、放課後にすることね」

「そうします。ちょうど、授業も終わったみたいですし」

〝キッ〟という擬音《ぎおん》が聞こえそうな目つきでこちらを睨《にら》むと、美樹は足音高く事務所を出ていった。

「安心して、成田さん。探偵さんは、あたしが必ず更生《こうせい》させて、きちんと推理のできる立派な探偵にしてみせるから」

あっ、美樹が転びかけた。鬼《おに》の風紀委員長を脱力《だつりょく》させるとは、小林由理奈恐《おそ》るべし。いや、そうじゃない。

「誰よりもこの学校のことが好きだし、学校にとって必要な人間、か。——ありがとう、助手くん。冷たく乾《かわ》ききった俺《おれ》の心も、少しばかり感動している」

いつも斜《しゃ》に構えている男がわずかに見せる心の底からの笑みというレア・アイテムを示すと、愛すべきわが助手も、とびきりの笑顔を見せてくれた。

「ねえ、探偵さん、どうして成田さんと話す時だけ、腰《こし》が低いの？」

えっ？　低かったですか？

「いや、そりゃ、やっぱり風紀委員長と無用の揉《も》めごとは起こしたくないからさ。彼女《かのじょ》、生徒会とかにも発言力をもってるし——」

「暴力にも、金や女の誘惑《ゆうわく》にも屈しない鉄の意志をもった男なんじゃなかったっけ？」

ニッコリ無邪気な由理奈の笑顔が、今は何よりも恐ろしい。

「屈しなかっただろ。——暴力も誘惑もなかったけど」

「成田さん、探偵さんのことに詳《くわ》しかったよね。昨日、図書準備室に行ったことも知ってたし、〝誇り高き現代の騎士〟ってキャッチフレーズも知ってたし。——どうしてかな？」

「さあ……。正式な依頼があれば、調査してみてもいいけど、人類には踏み込んではならない領域ってもんがあるっていうじゃない？」

あ、痛い。由理奈の笑顔が痛い。美樹の視線よりよっぽど痛い。

「ええとさ、コーヒー飲みたくない？　美味《うま》いコーヒー飲めば、厭《いや》なことも忘れちゃうって。いや、別に、厭なことがあるだろうってわけじゃないけど……」

どういうもんだか、忍《しの》び足でコーヒーを入れ、慎《つつし》んで由理奈に差し出す。特製ブレンドの香《かお》りが、どうにか危機を遠ざけてくれた——ような気がする。

「——ところで、今夜、時間をあけておいてくれないかな、俺のために」

カップが空になったところで言う。丸いフレームの奥《おく》で、由理奈が目を見開く。

「松宮乃恵美に会いに行くから……って、おーい、小林くん、どうして事務所から出ていくですか？　ちょっと、小林くんってば！」

いったん家に戻《もど》って支度《したく》をした由理奈と、松宮家の最寄り駅の改札《かいさつ》で落ち合う。

夜になり、空気がねっとりと熱い。Tシャツに、膝丈《ひざたけ》のパンツという軽装《けいそう》の由理奈も、歩きながら、ときどき額の汗を拭《ぬぐ》っている。

「あのさ、落語家って、いつも羽織《はおり》を着て高座に上がるじゃない？」

「うん？」

不意に由理奈が口を開いた。

「照明が当たってるから、けっこう暑いのよね、ああいうところって。意外と体も使うし。今は、通気性のある夏向けの繊維《せんい》で作った着物だから平気なんだけど、昔《むかし》の落語家はどうして汗をかかなかったんだろうって、不思議に思ったことない？」

「なんとも君らしい疑問のもち方だな」

「それでね、何かのエッセイで読んだんだけど、落語家に限らず、昔の芸人さんは、もちろん汗はかくんだけど、首から上にはかかないのよ。背中、つまりお客さんからは見えないところで汗をかくように訓練ができてるんだって」

「なかなか興味深い話だけれど、どうして君が今そんな話をしたのか、動機というか、意図がよくわからないな」

「笑いをとる仕事をしている人には、似たような苦労があるんだなあって——。ごめん、忘れて」

こちらの顔から背中にかけてを横目で観察しているようだった由理奈だが、パッと視線を上げて、わざとらしいくらい元気に歩調を速めた。

「——探偵は孤独だ……」

それでも、目的地が近づくにつれて、足取りが無意識に慎重《しんちょう》になる。

「それで、どうやって松宮さんに会うつもり？　正面から行っても、会ってくれないでしょうし。あ、念のために断わっとくけど、暴力は駄目《だめ》よ」

「知合いの私立探偵で、面会に応じようとしない往年の大女優に、部屋がいっぱいになるくらいの花を贈《おく》ってアポイントを取り付けた奴《やつ》がいたな」

「経費は出ないんですからね。やるなら自腹《じばら》でどうぞ」

昨日、松宮ママに冷たい水をご馳走《ちそう》になったあたりに立つ。

「彼女の部屋、どこだと思う？」

「二階でしょ？　カーテンの感じからすると、あっちかな」

南西に面した部屋を仰《あお》ぎ見る位置に回り込《こ》む。

「さて、君の出番だ」

「何するの？」

「乃恵美の部屋には、家族も入ることはできない――。そうだな？」

「そうなるわね」

「外から入れない部屋、つまりは密室。だが、一見しただけではわからない出入りの方法が必ずあるはずだ。確かに、中に見立て殺人の被害者がいるわけではないが、密室となれば、君の得意分野……冗談《じょうだん》だよ」

「何だ、冗談なの。――そうよね、冗談よね」

笑いながら由理奈がジッパーを閉じたデイパックの中に糸巻きや奇妙な形に曲げた針金やセロハンテープが見えたような気がしたが、錯覚《さっかく》ということにしておこう。

「――そう、冗談。あの部屋は密室じゃない。扉《とびら》を開く鍵《かぎ》は、たぶん、手の中にあるはずだ」

改めて、窓の下に立つ。夜露《よつゆ》に濡《ぬ》れるバルコニーとはいかないが、まあ、仕方あるまい。アクアスキュータムのポケットからプリントアウトを取り出し、大きく息を吸い込む。

「春来れば　白い花　ささやかに　咲《さ》いて散る――」

「ちょっと探偵さん、何のつもり？」

「もちろん、吟遊詩人《ぎんゆうしじん》――」

今度は由理奈がコケた。由理奈を脱力させられたことに、勝利感を覚えたのも束《つか》の間、再び閉ざされた扉を叩《たた》く作業に戻る。読み上げるのは、もちろん「ｎｏｅｍｉ」名義の詩だ。こうして、大きな声で読み上げると、自然なリズムが湧《わ》いてくるのが実感できる。言葉の芸術、なのかもしれない。

最初のチャプターを読み終え、次の、初夏の情景を読んだチャプターに移る。腹に力を込め、なおいっそう大きな声を出すように心掛《こころが》ける。

「夏の風　輝《かがや》いて　軽やかに　駆《か》け抜《ぬ》ける――」

「何の騒《さわ》ぎだ？」

ドアが開き、夕刊を片手にステテコ姿の中年男性が出てきた。乃恵美の父だろう。現代のビジネスシーンという荒野を駆け抜ける戦士の憩《いこ》いのひとときを妨害してしまったのなら申し訳ないことだが、私立探偵は依頼人の利益を最優先しなければならないのだ。

まだだ。まだ、扉は開かない。

「そして雨――」

娘の部屋の下で詩を読み上げる男の姿にどのような感銘《かんめい》を覚えたのかは知らないが、松宮パパは丸めた夕刊という凶器《きょうき》を振《ふ》りかざして襲《おそ》いかかってきた。こちらを捕《つか》まえ、黙《だま》らせようとする松宮パパの攻撃《こうげき》をかわしながら大音声で詩の朗読をするのは、なかなかの重労働だった。

戦う吟遊詩人というのも、あるいは粋《いき》な存在かもしれない。

「――携帯《けいたい》電話　Eメール　今日も雨　倉田未沙作」

窓がわずかに開いた。名簿《めいぼ》にあった写真と変わらない、おさげの少女が怯《おび》えたような目でこちらを見下ろした。

「行くぞ、小林くん！」

由理奈の手を取り、庭を囲む柵《さく》を乗り越《こ》え、白い乗用車のボンネットからルーフに駆け上がり、さらに、庭の物置の上へと飛び移る。

「どうしたの……」

エプロンで手を拭《ふ》きながら松宮ママが玄関《げんかん》に出てきた。こちらの姿を見た途端《とたん》、ぽっかりと丸く口を開ける。

「申し訳ない、マダム。無作法なのは承知していますが、急いでいますので」

脱《ぬ》いだ帽子《ぼうし》を胸の前に当て、一礼する。パパよりは物分かりがいいのか、それとも最初の対面と会話が彼女の胸に孤独な男の肖像画《しょうぞうが》を焼き付けていたのか、ママはうなずいてくれた。もっとも、笑顔が少しばかり引きつって見えたのは気になったが。

もう一度松宮両親に一礼して帽子を頭に戻す暇《いとま》もあればこそ、由理奈に引きずられるようにして一気に家の屋根に飛ぶ。乃恵美が窓を閉じる前に、なんとかたどり着き、閉まりかけた窓をこじ開ける。

「靴を脱ぐ！」

素晴らしく観察力の鋭《するど》い助手の、配慮《はいりよ》に富んだ助言に従ってから、乃恵美の部屋に入る。

部屋の反対側、閉めたドアにすがるような格好で、乃恵美はうずくまっていた。写真で見たとおり、三つ編みにした髪《かみ》と、濡《ぬ》れたような目が印象的な線の細い少女だ。ただ、怯えたような表情は、写真では判らなかったものだが。

「未沙ちゃんが……怒《おこ》ってる……」

「いや、彼女は何も言っていない。お節介《せっかい》焼きの私立探偵が、頼《たの》まれもしない真相を探り出そうとして勝手にやったことさ」

「探偵……？」

「そう。この暑いのにコートなんか着てるけど、安心して、変質者じゃないから。——ほら」

こちらが何をするより早く、脇《わき》から滑り込んできた由理奈は勝手にコートの前を開いて乃恵美に示した。

「ね、ちゃんと制服を着てるでしょ？　まあ、変な奴《やつ》なのは確かなんだけど、人畜《じんちく》無害……とは言い切れないなあ」

由理奈がキャンディ頭を傾《かたむ》けている間に、前を合わせ、ベルトを締《し》める。

「君が学校に来なくなった理由を知りたくて、彼女は私立探偵に調査を依頼した。自分と君との関係も説明せずにね。——彼女は君のことを怒って、何か言っていたのか？」

どうも助手の気遣《きづか》いは、乃恵美を安心させる役には立たなかったようだ。片手でドアノブを掴んだまま、乃恵美は首を横に振《ふ》った。

「ちょっと、どういうことなの？」

いつの間に頭を上げたのか、由理奈がアクアスキュータムの袖《そで》を引っ張る。

「松宮乃恵美くんの書いた詩は、倉田未沙くんが中学時代に書いたものの盗作《とうさく》だったんだ」

まるで針を刺《さ》されたかのように、乃恵美の肩がビクッと震える。

「おい、こら、探偵！」

階段を駆け上がってくる足音が聞こえる。松宮パパにもこちらが私立探偵であるとの認識をもってもらえたのは喜ばしいことだが。

「ここだと面倒《めんどう》だな。――未沙くんの携帯の番号はわかっているかい？」

乃恵美は黙ってうなずく。

「それじゃ、電話してもらおうか」

「イヤ！　未沙ちゃんに会うのはイヤ！」

それでも確認すべきことだけ確認し、言うべきことだけは言うと、由理奈の手を引いて、再び窓から飛び出した。痛かった。


翌朝、前と同じ場所で倉田未沙を見つけた。

「ご依頼の件に関して調査が完了《かんりょう》しましたので、ご報告します。松宮乃恵美が登校を拒否《きょひ》したのは、倉田未沙に会うことを恐《おそ》れたため、正確に言えば、中学時代に未沙が書いた詩を自分の作品として文芸同好会で発表してしまったので、そのことを未沙に責められるのを恐れたためです」

プリントアウトした「ｎｏｅｍｉ」名義の詩を差し出して言う。

「志望校よりずっとレベルの低いこの七篠高校に、不本意ながら進学せざるを得なかった乃恵美は、しかし、中学から高校への環境《かんきょう》の変化もあって、中学時代ほど優秀な学生ではいられなかった。レベルの低い学校だったにもかかわらず。自信をもちたいと思った彼女は、身近に同じ中学の出身者がいないのをいいことに、中学時代に賞賛されていた親友の創作を、自分のものとして発表しました。彼女の目論見《もくろみ》どおり、その詩は高い評価を得て、同好会の会報にも掲載《けいさい》され、彼女は有望な新人として注目を集めました。自信も取り戻《もど》した。すべてはうまくいくように見えました。よりによって倉田未沙が転校してくるまでは」

つまらなそうな顔でプリントアウトを見ていた未沙は、バージニア・スリムを一本咥《くわ》え、一〇〇円ライターで火を点《つ》けた。

「来るつもり、なかった。親父《おやじ》とおふくろが面倒《めんどう》くさいことになっちゃって、厭《いや》になって、そして、乃恵美の顔を見たくなったんだ」

「だろうね。タバコを吸うのもぎこちない、にわか不良のお嬢《じょう》さん」

「ダセエ」

彼女の言葉が煙になって吐《は》き出される。

「そして、彼女は誰にも何も説明せず、登校を拒否した。——それが、ことの真相です」

「別に、どうでもよかったのに。こんな詩、どうでも」

プリントアウトを放ってよこす。

「ダサイついでに、言わせてもらおうか」

地べたに落ちたプリントアウトを拾い上げ、折り畳《たた》んでアクアスキュータムのポケットにしまう。

「中学時代、君と乃恵美くんのあいだに友情と呼べるものがあったとしよう。しかし、それは壊《こわ》れてしまった。二人が別の高校に進んだ時に壊れたんじゃない。君が不良少女になった時に壊れたんでもない。彼女が君の詩に自分の名前をつけて発表した時？　君がこの学校に転校してきた時？　もちろん違《ちが》う。彼女が君に会うことから逃《に》げて、君が彼女と直接話すことから逃げた時、その友情は壊れたんだ。手を汚《よご》さず、痛みも感じずに済ませることを選んだ時にな」

未沙の視線は、いかにも興味なさそうに地面を向いている。

「知合いの私立探偵に、ボクシングジムに通っている奴《やつ》がいる。そいつから聞いた話だ。最近、プロテストを受けて、ライセンスを取る若い奴が増えている。だが、試合に出る奴は減っている。何故か？　殴《なぐ》られて痛い思いをするのが厭だから、ではない。リングに上がって負けるのが厭だから、なんだそうだ。つまずくこと、拒絶されることを極度に恐れる。そんな若い奴が、それこそ一人暮《ぐ》らしの男のアパートに住み着いたゴキブリみたいに、猛烈《もうれつ》な勢いで増殖《ぞうしょく》しているらしい」

「あたしはゴキブリじゃない」

「だったら、彼女に直接言えよ。あんな詩のことなんて気にしていないって。いや、その前に、どうして学校に来なくなったのか、尋《き》いてみろよ」

「イヤじゃん、そんなの……もう、友情なんて壊れちゃってるし……」

「友情は壊れたかもしれない。だけど、消えて無くなったわけじゃない。それに君たちは、どうしたら友だちになれるのか、実際の経験に基づいて知っているはずだ。友情の残骸《ざんがい》をゴミ収集日に出すか、それとも修理してもう一度使うか、それは君たちの決めることだ。そして、その決定を他人に委《ゆだ》ねたら、君たちはゴキブリ以下だ。――以上、松宮乃恵美消息不明事件についての報告は完了、ご依頼の調査を終了させていただく」

また、私立探偵らしくもなく熱くなって、つまらないお節介《せっかい》を焼いてしまったな。

「ダセエな、ほんとに……」

「生きてくことは、けっこうダサイんだよ」

「あんたが、だよ」

私立探偵は、孤独《こどく》だ……。

「二人のあいだの友情は壊れたんじゃなくって、最初から存在しなかった。そのことが明らかになっただけだ――。そう言うことだってできたんじゃないの、ハードボイルドな探偵さんとしては？」

放課後になって事務所に顔を出した由理奈に、コーヒーを淹《い》れてやる。そして、ことの顛末《てんまつ》を報告する。乃恵美にしたのと同じ説教を未沙にしたことを、物好きと笑われるかと思ったが、由理奈の反応は少し違った。

「君はずいぶんと潔癖性《けっぺきしょう》のようだな、助手くん」

「潔癖性？　あたしが？　どうして？」

「一〇〇パーセント純粋《じゅんすい》、混じりっ気なしの友情以外は友情と認められないらしいからさ」

コーヒーが減った分だけ、農協牛乳を足す。由理奈は顔をしかめたが、かまわず続ける。

「甘《あま》え、利己心、嫉妬《しっと》、偽善《ぎぜん》……。余計なものの混じっていない友情なんてこの世にはほとんど存在しない。だけど、ある種の金属みたいなもんで、適度に不純物が混じっていたほうが頑《がん》丈《じょう》なんだ、友情ってもんは」

「そんなもんかなあ？」

「口にするのはホットミルクだけ、門限の九時までにはお家《うち》に帰らなくちゃいけない、世界でいちばん好きな男性はもちろんパパ、なんてハイスクールガールには受け入れてもらえない知恵だろうけどね」

そんな女子高生、とっくにアメリカバッファローと同じ運命をたどったわよ――。まぶたの間の白い部分を最大限に大きくして、それでも由理奈は言い返した。

「あたしが潔癖性なら、探偵さんは桁《けた》外れのロマンチストなんじゃないの。思い違いでも、友情が存在しつづけることに賭《か》けるくらいの」

「ロマンの一つもなきゃ、淋《さび》しすぎるだろ、騎士《きし》にしろ、吟遊詩人にしろ、私立探偵にしろ」

パソコンで事件の記録をまとめる手を止め、最後に一つだけという感じで、由理奈が尋《たず》ねた。

「あの詩が、倉田未沙のを盗作したんだって、名推理だったけど、自称〝きわめて散文的な人間〟の探偵さんにどうして判ったの？」

「携帯電話を持っていない女の子が、携帯電話の出てくる詩を書くのは不自然だと思ったからさ。倉田未沙は携帯を持ってたしね」

…………。椅子に座ったままコケるとは、器用だな、助手くん。

「ああ、ちょっとでも感動したあたしがバカだったわよ。そういう人なのよね、探偵さんって。でも、必ず推理力を……」

立ち直った由理奈は、またパソコンのキーを叩き始めた。桜台中学の卒業生を探し回って、文芸クラブの会誌を手に入れたことは黙《だま》っていよう、永遠に。

「――探偵は、孤独だ……」

『伸《の》びた記録とアイスキャンディ』

陽《ひ》はだいぶ西に傾《かたむ》いたというのに、空気は熱く、陽射《ひざ》しもまだまだ強かった。木陰《こかげ》に居ても、体にまとわりつく熱気からは逃《のが》れようがない。陽炎《かげろう》が立ち上っていないところを見ると、地面からの熱だけは、いくぶん弱まったのかもしれないが。

防水加工されたコートの布地は、ひょっとしたら汗《あせ》の蒸発を防いでいるのかもしれない。少なくとも、断熱効果が期待できないのは確かだ。いや、保温効果なら期待していいのか。

「あ、次がスタートだ」

由理奈が、それまでしゃぶっていたアイスキャンディを口に咥《くわ》えた。膝《ひざ》の上に乗せたノートパソコンのキーを叩《たた》くのに、両手をあける必要があるからだ。

キャンディがキャンディを咥えている――。半袖《はんそで》のセーラー服に合わせたかのような白いつば広の帽子《ぼうし》の乗った頭の両脇《りょうわき》から、髪《かみ》の毛の束《たば》(セロファンに包まれたキャンディを連想させる髪形の不可欠な構成要素)が飛び出ているのを見て、そんなフレーズを思いつく。いかん、ぜんぜん詩的でも粋《いき》でもない。

気が付くと、帽子を手に取り、扇子《せんす》代わりにバタバタやって、顔に風を送っていた。無意識にしたことだろうか、いつもクールな男にはあるまじき行為《こうい》だ。決然と帽子を頭の上に乗せる。

直射日光による頭部の加熱を防ぐのには効果があるかもしれない。

気を取り直して、グラウンドに視線を戻《もど》す。白っぽく乾《かわ》き切った地面にさらに白くひかれた石灰のライン。その一方の端《はし》で、短パンにランニングシャツ姿の男子学生六人がスタート姿勢をとっている。

ホイッスルが鳴る。六人は一斉《いっせい》に走り出した。ほどなく、ラインの反対の端に駆《か》け込《こ》む。待ち構えていた、おそらくは女子マネージャーを含《ふく》む三人が、両手のストップウォッチを止め、それぞれのタイムを記録する。傍《かたわ》らのわが秘書もノートパソコンで同じことをしている。

「これで全員ね。——ふーん、こんなもんなんだ、うちの男子陸上部のタイムって」

さっそく表にしているらしい。

「ついでに、時速とマッハに換算《かんさん》した数字も出しとこうか?」

いったい何に使うんだ、そんなもん。常にノートパソコンを携帯《けいたい》しているだけあって、わが秘書は数字をいじくるのが楽しいのかもしれない。

「探偵《たんてい》さん、いい加減にしないと、日射病で倒《たお》れちゃうよ。——あれ、熱射病だっけ?」

たいして心配しているふうでもない口調で由理奈が言う。実は、忠告してもらうまでもなく、アクアスキュータムの下がしっかりと夏服(半袖のワイシャツと薄手《うすで》の学生ズボン)になっているいることは秘密だ。男には、多くを語らないほうがいい時もある。

「クールでタフな男の炎天下《えんてんか》での健康状態を心配するより、調査対象のタイムを見せてもらいたいな。実際、どんなもんなんだ?」

由理奈は再びキャンディを口に咥え、ノートの画面をこちらに向けた。さっきまでの一〇〇メートル走の結果が、成績順に並《なら》べ変えられている。春日井《かすがい》拓《たく》の名前は、全部員中、上から五番目にあった。それまでが、下から数えたほうが早い(場合によっては数えるまでもない)記録だったそうだから、たいした成長と言えるだろう。

「確かに、これなら、原因というか理由を知りたいと思っても不思議じゃないな」

今日の練習はもう終わりなのか、陸上部員は整理体操らしきことをし、マネージャーたちは後片付けに取り掛《か》かっている。

再び視線をノートのほうに戻すと、由理奈が鼻っ柱に皺《しわ》をよせていた。落っこちかけたメガネを手を使わずに元に戻そうとしたら、こんな顔になるんじゃないか。

「どうしたんだ、秘書くん?」

「どうしてもその格好でいたいなら、あたしは口出ししないけど、靴下《くつした》とシャツとパンツはちゃんと着替《きが》えて、お風呂《ふろ》にもきちんと入って、こまめにシャワーを浴びてよね、探偵さん」

「ひょっとして、臭《にお》う?」

「臭わないけど、臭ってきそうなくらい暑苦しい」

気が遠くなりかけたのは、暑さのせいではなかった。

やはり私立探偵は、孤独《こどく》な商売なのだ。


依頼《いらい》があったのは、昼休みのことだった。

事務所に入ってきた相手は、デスクの前に立つなり言った。半袖のワイシャツから伸《の》びた逞《たくま》しい腕《うで》も、短く刈《か》り込んだ髪の下に見える広い額も、健康的に日焼けしている。

「尋《き》いてもいいかな」

「あんた、ほんとうに名探偵なのか？」

こう尋かれて、まともに返事が（それも肯定《こうてい》の返事が）できる奴《やつ》は、羞恥心《しゅうちしん》というものの持ち合わせがなく、自尊心の肥大化した、頭の回転だけが無駄《むだ》に速い、浮《う》き世離《よばな》れした趣味人《しゅみじん》――ひとことで言えば〝本格系の探偵〟だけだろう。生憎《あいにく》とこちらは、同じ私立探偵といっても、矜持《きょうじ》と同程度に羞恥心の備蓄《びちく》があるし（誰《だれ》だ、いま笑った奴は？）、自尊心も切除手術の必要なほどに肥大化してはいないし、嫌《いや》というほど浮き世の垢《あか》にまみれてしまった、趣味といえば古臭《ふるくさ》いジャズを聞くことくらいしかない、一匹狼《いっぴきおおかみ》にすぎなかった（頭の回転の速度についてはパス！）。

「それは君が、名探偵とやらの基準をどこに置いているかによるな。密室の謎《なぞ》を解くのも、完全なアリバイを破るのも、俺《おれ》には向いてないし、奇妙《きみょう》な建築物にも興味はないんでね」

あくまで皮肉っぽい受答え。うんうん、出だしとしては、なかなかいい感じじゃないか。

「つまり、頼《たの》んだ仕事をきちんとやってくれるのかってことだよ」

「蕎麦《そば》屋と不動産屋の言う『すぐ』よりは信頼してくれていい」

ちょっと喩《たとえ》が現代日本の日常に接近しすぎたか？　だいたい、高校生にはあまり縁《えん》がないよな、蕎麦屋も不動産屋も。

「はい、探偵さん、ちょっとゴメン――」

それまで弁当（稲荷寿司《いなりずし》と巻き寿司がちらっと見えた）に熱中していたわが秘書が、作業を一時中断し、デスクのいちばん下の抽斗《ひきだし》を開けて、〈フォア・ローゼス〉の瓶《びん》を取り出すと、氷の入ったグラスに中身を注《つ》いだ。依頼人の前だというのに、あいかわらず、「探偵さん」が「たんてーさん」としか聞こえない発音だ。

「どうぞ、ウーロン茶ですけど」

依頼人にグラスを渡《わた》す。さっきまでこちらが信用できるかどうか探る様子だった依頼人の目に、明らかな疑いの色が浮《う》かぶ。こらこら、秘書が探偵の信用を損なうようなことをして、どうする！

自分の机に戻って昼飯の続きに戻ったわが秘書をひと睨《にら》みしてから、グラスを空にした依頼人に視線を戻す。

「さて、ご依頼の件をうかがいましょうか——」

さっきまでと比べると、三〇センチほど低姿勢になってしまっているのが情けない。

「秘密は守ってくれよ」

「もちろん」

依頼人は、二年D組の小菅光男《こすげみつお》と名乗った。陸上部所属。

「C組の春日井って奴を調べてほしいんだ。そいつも陸上部なんだけど、変なんだ、最近」

「変、とは？　できるだけ、具体的にお願いしたいな」

姿勢は一三センチほど高度を回復。

「春日井は、なんで陸上やってるのか判んないような奴だったんだ。どんけつ。お荷物。カメ。ナメクジ。カタツムリ。そんな奴だったんだ。それが、今月に入ってから急に記録が伸び始めてさ」

「変かな？　ペーパーテストの成績が急に伸びたんなら、カンニングってこともあるだろう。対戦競技なら相手を買収することもできる。しかし、自分が走るトラックだけ短くしたり、ストップウォッチを買収したりするのは難しいと思うがね」

なんか今日は恐《こわ》いくらい調子がいい。皮肉っぽくひねりの効いたセリフ。鏡で確認はしていないけど、表情も悪くないはずだ。顔の筋肉の張りで判る。

「あのなあ……」

しかし、気の利いたセリフ回しは、依頼人のお気に召《め》さなかったようだ。

「おかしいんだよ。春日井を見りゃ判るよ。才能のない奴なんだよ。才能がないってのは決定的なんだよ、スポーツじゃ。それに、あいつは根性だってないんだよ。ビリッケツでも、口惜《くや》しいって思わない奴なんだよ。それが急に記録を伸ばしたんだ。おかしいって思わないか」

そこまで言われると、おかしいのかなっていう気がしてくる。姿勢は再び四センチほど低下。

不意に小菅が身を屈《かが》めた。精神的に姿勢を低下させている私立探偵に合わせて、肉体的に姿勢を低下させたわけじゃないだろうが。

「何か、まずいことをやってんじゃないかって、思うんだよ」

小菅は、声をひそめて言った。

「まずい、こと?」

「例えばドーピングとかさ」

ドーピング? 胸の奥《おく》に湧《わ》き上がるものがある。いかん、喜んじゃいかんが——。

「もうすぐ大会なんだけど、出場停止とか、もっとまずいのは、大会で不正がバレちゃったとかしたら、目も当てられないだろ。だから、早くはっきりさせて、春日井がやってることをやめさせたいんだ」

「――わかった。とりあえず一週間、時間をくれ」

「俺が頼んだってことはくれぐれも秘密だぜ。期待してるよ、探偵さん」

期待してるよ、探偵さん――。初めてかもしれない、そんな言葉を依頼人から聞くのは。私立探偵が静かに喜びを噛《か》み締《し》めている間に、依頼人はそそくさと事務所から出ていった。

戸が閉まると同時に、笑いが込み上げてくる。かつては選手として活躍《かつやく》した人間が故《ゆえ》あって引退、今はその競技の世界の周辺でボディガード兼調査、言ってみれば事件屋をやっているというのがいちばん多く見られるパターンだろうか。

「スポーツ界！　賭博《とばく》。買収。ドーピング。名誉《めいよ》と栄光と賞賛の裏にうごめく陰謀《いんぼう》。国家の名誉のために、企業の利益のために、あらゆる不正が横行する。金権腐敗《ふはい》の巣窟《そうくつ》となった国際オリンピック委員会。暗躍するスポーツマフィア。だが、俺は負けない。健全な精神と健全な肉体の仮面に隠《かく》された醜悪《しゅうあく》な真実を、必ずや暴き出してやる！」

「人がごはん食べてる時に、埃《ほこり》を立てないでよね！」

机の上で力説している私立探偵の頭上に雷《かみなり》が落ちた。

とりあえず机の上から降り、ごはんを食べているわが秘書（お昼休み中だから秘書ではないな、七篠高校二年B組・小林由理奈嬢《じょう》？）に遠慮《えんりょ》して、机の上を掃除《そうじ》するのは控《ひか》える。

「――あの、コーヒーなんかいかがでしょうか、小林さん?」

「お茶」

由理奈は準備よく、寿司を詰《つ》めた弁当箱《べんとうばこ》の他に茶筒《ちゃづつ》に入ったお茶っ葉まで持ってきていた。

まあ、寿司を食べ終わった後の締めにコーヒーを飲みたがる人間は少数派だろう。

事務所に置いてあるコーヒーメーカーは、挽《ひ》いた豆の代わりにお茶っ葉を入れることで、日本茶だろうが紅茶だろうがウーロン茶だろうが淹《い》れられないことはないということを実験で確認している。――後片付けが面倒《めんどう》だけど。

「へい、あがり一丁」

コーヒーカップに入った日本茶を由理奈の前に置く。

「〝あがり〟とか〝お愛想《あいそ》〟とか、業界用語を部外者が使うのは野暮《やぼ》なんだよ、探偵さん?」

〝デカ〟とか〝ホシ〟とか〝ガイシャ〟とか〝密室〟とか〝見立て殺人〟とか……。

文芸部と違《ちが》って、陸上部はホームページを作っていなかった(作ったとしても、「今日の新記録」とか、あまり面白《おもしろ》いものではないだろう、きっと)。男子部員は全部で四三名。他の運動部と同様、強豪《きょうごう》と呼ばれることはまずない。それでも由理奈の「クラブ・委員会データベース」には、最近の戦績や記録がいくつか書き込まれている。二年C組・春日井という名前は見当たらない。最近といっても、いちばん新しいもので先月の末だ。依頼人の言葉が正しければ、急に伸び始めたという春日井の記録がないのは当然なのだが。

ノートパソコンの学生名簿《めいぼ》のほうを開いてもらう。春日井拓は、メガネをかけたおとなしそうな学生だった。データとして読み込まれている写真は、学生手帳に貼《は》られているのと同じ、写真屋によって撮《と》られたもののはずなのに、見ているこちらにまで緊張《きんちょう》が伝わってきそうな表情をしている。

「顔だけ見てると、文芸部って感じだよな」

「メガネはかけてるけど、おさげじゃないわよ？」

…………。気のせいじゃなければ、何か、からまれてるみたいなんだけど。

「それで探偵さん、どうする気？　サマランチ会長に面会を求めるの？　それともシシリー島に飛ぶわけ？」

何をヘソ曲げてるんだよ、助手くん？　お茶を淹れてやっただけじゃ、足りないのか？

「まずはグラウンドに出て、調査対象が実際に走っているところを見てみる。陸上部の連中から話も聞きたいし。具体的な行動に移るのは、それからだな」

「尿《にょう》検査はしないわけ？　ドーピングを疑ってるんでしょ？」

「——あのさ、助手くん、言いたいことがあるんだったら、はっきり言ったらどうだ？」

「探偵さんこそ、何かあたしに言うべきことがあるんじゃないの？」

丸いメガネの奥《おく》で、同様に丸い目が陰険《いんけん》な光を浮かべている。言うべきこと？　思い当たらない。まさか由理奈が、愛の言葉を待っているとも思えないし。

「——悪いが、思い当たることはないな。なんせ、そんなに活発な灰色の脳細胞《のうさいぼう》をもっているわけじゃないし」

「食べたでしょ、あたしのアイス」

愛……す？　そういえば、冷蔵庫に一本だけアイスキャンディが入っていたのを、暑さしのぎに食べた。さすがわが秘書、気が利くなと半ば感心しながら、ありがたく……。

「あれ、君のだったのか？　でも、別に名前が書いてあったわけじゃなかったし……」

「書いてあったもん。——ほら」

由理奈が差し出したのは確かに、食べ終わって捨てたアイスの袋《ふくろ》だった（スティックをくるんで捨てたので、食べ終わるまで捨てなかった）。広げて指差したところに、何か書いてある。

「——これは小林由理奈さんのアイスです。他の人には食べられません……」

嘘《うそ》つけ、他の人でも食べられたぞ——。いや、そうじゃなくて、確かにおっしゃるとおり、きちんと名前が書いてある。だけど、アイスを食べようとする時に、ひょっとして名前が書いてあるんじゃないかって考える奴なんて一〇〇人に一人もいないぞ。確かめもせずに食べてしまったからって責められるのは、ちょっと納得《なっとく》がいかない。

それに、高校二年生が腹を立てる理由としてはみみっちくないか、アイス一本ってのは？

「せっかく、お弁当の後で食べようと思って楽しみにしてたのに」

寿司を食った後にアイスキャンディか？　それだったら、お茶じゃなくてコーヒーでもよかった——。いや、これは関係ないか。やっぱり、こっちが悪いんだろうな。少なくとも、冷蔵庫のアイスを食う前に、いちいち名前を確認する奴なんていねえよ、なんてことを言っても、事態はいい方向に行かないと思う。

「ごめん。悪かった。後で同じアイス買ってやるから、赦《ゆる》してくれ」

「それだけ？」

丸い目の白眼比率はいっこうに下がろうとしない。

「ええと、それだけとおっしゃいますと……？」

「同じアイスを買うのは、弁償《べんしょう》でしょ？　でも、それだけじゃ、楽しみにしていたアイスがないことを知った時のあたしの精神的なダメージは癒《いや》されないじゃない」

精神的ダメージ？　そんなもん、こっちはしょっちゅうだぞ。それを癒すだ？

「つまり、弁償の他に、慰謝料《いしゃりょう》を払《はら》いなさいってことよ」

「慰謝料……って、離婚《りこん》する夫婦じゃあるまいし」

「ああ、あたしの心は傷ついた。楽しみにしていた食後のアイスがないことを知った時のあたしの絶望感。それを放っておくの？　仮にも現代の騎士《きし》なんでしょ、探偵さん？　傷ついた少女の心から目を背けて、それで現代の騎士が名乗れるの？」

こんな場面で、ビシッと人を指差すなよ。

「ああ、わかった、わかったよ。むこう一週間、現代の騎士の名誉にかけて、毎日一本ずつアイス奢《おご》ってやるから、それで心の傷を存分に冷やして、いや、癒してくれ」

「ラッキー！」

指を鳴らして、にんまり。ちょっと待て！　どうも罠《わな》にはめられたように感じてしまうのは、人生の裏街道を歩くことに慣れすぎてしまった男の性《さが》か？　ともかく、そんな訳で一週間、毎日一本ずつ由理奈にアイスを奢ることになってしまったのである——。あれ、何の話だっけ？

「それで、どうするの、この後？」

暑さのせいか、まともに回想シーンさえ展開できずにいる私立探偵を、由理奈の声が現実に引き戻《もど》した。そう、練習も終わったようだし、いつまでも校庭の隅《すみ》の木の陰《かげ》に座っているのも時間の有効な使い方とは言えないだろう。

「陸上部の奴《やつ》から話を聞くかな。意外に、部員よりもマネージャーのほうが情報をもっているかもしれない」

「というわけで、女の子と話をしに行く、と」

うーむ、まだからんでる。ひょっとして、慰謝料の釣《つ》り上げを狙《ねら》っているのだろうか。

「あ……当たった」

不意に由理奈が声をあげる。食べ終わったアイスのスティックを見て、目を輝《かがや》かせている。

「当たりが出たら、もう一本ってやつかい？」

「そう。今週はメチャクチャついてるなあ」

メガネフレームの奥《おく》の目を細め、ニッコリと笑う。なんだか由理奈に運を吸い取られているような気がした。

「恋愛《れんあい》シミュレーションってあるじゃない、ゲームの」

「そっち方面にはとんと暗いんだが、あるってことくらいは知ってるよ」

「あれに出てくる女の子キャラの所属してる運動部って、圧倒《あっとう》的に陸上部と水泳部が多いのよね。たまにテニスとかも見るけど。――なんでだと思う？」

「陸上も水泳も基本的に個人競技だろ？　練習とか大会の場面でも、チームメイトを何人も描《か》いたりしなくて済むんで、制作者にとっては楽だからじゃないかな」

両方とも肌《はだ》の露出《ろしゅつ》が多いユニフォームだからだろうという理由は口にしないでおく。スクール水着には根強いファンがいるし、なんて話もしない。

「ああ、なるほど。——探偵さん、ちゃんと推理できるじゃない」

実は、そっち方面に詳《くわ》しい〝ブレーン〟からの受売りだったりする。そう、ゲームの文学少女といえば、メガネをかけた、おさげの似合う娘《むすめ》で、半分くらいはクラス委員か図書委員。性格的には引っ込《こ》み思案で、病弱な娘も多い——なんて余計な知識を吹《ふ》き込んでくれた人。

「でも、ラクロスなんてマイナーな競技もけっこう見かけるわね」

「そりゃ簡単。テニスと一緒《いっしょ》で、ユニフォームがミニスカートだから……」

「ホウ、ミニスカートね」

うっ……。暑さのせいか、今日の言動には隙《すき》が多くないか。それでも、余計な知識を吹き込んでくれたブレーンの某《なにがし》を恨《うら》む気持ちになっちゃうのは、責任転嫁《てんか》ということだろう。いかんな、現代の騎士にはあるまじき、無責任な考え方——。

罪と罰《ばつ》、そして責任の所在といったことに考えを巡《めぐ》らせている間に、目指す店に着いた。陸上部のマネージャーたちがたむろしている店。オレンジとピンクが多少目立つことを別にすれば、西部のサルーンでもイメージしたのだろうか、やや古めの、木目を強調したデザインの、そうは言ってもファミレスなのだった。冷房《れいぼう》の効いた店内の空気に「ああ、生き返る」などと言いそうになって、慌《あわ》てて言葉を呑《の》み込む。炎熱《えんねつ》のアスファルトジャングルを征《ゆ》く一匹狼が、そうしょっちゅう死んだり生き返ったりしてちゃまずいだろう。

「いらっしゃいませ、何名さ……ま……で……」

涼《すず》しげな藤色《ふじいろ》のストライプのブラウスに白いエプロンをしたウェイトレスの言葉が途中《とちゅう》で止まる。

「二人でーす、二人」

由理奈がVサインをしながら言うと、ウェイトレスは、二つ折りにした新聞くらいの大きさのメニューを二部、手に取って、それでも自信なげに店の奥をうかがった。責任者らしい蝶《ちょう》ネクタイの男がうなずくと、ようやく先に立って歩き出した。

「タバコはお吸いになりますか?」

「高校生ですから、吸いませーん」

妙《みょう》に嬉《うれ》しそうな由理奈の返事。タバコを喫《や》らないのは事実だけど、高校生だからっていうのは、最近では通用しないんじゃないだろうか。あるいは、単にこのアクアスキュータムを着込んだタフガイが実は高校生だってことを強調したいだけなのかもしれないけれど。

故意か偶然《ぐうぜん》か、ウェイトレスは店の奥へ、いちばん目立たない席のほうへと誘導《ゆうどう》する。

「言っとくけど、この店は俺《おれ》の奢りじゃないからな」

「最初から期待してないわよ、そんなこと。——今日の探偵さん、変にセコインだから」

うっ……。君に言われたくないぞ、秘書くん。アイスの当たり棒を水道でよく洗ってから、大事そうにティッシュで包んで生徒手帳に挟《はさ》んだ君に。

胸の奥でため息をつきながら、店の正面、店名ロゴの書かれた大きなガラス窓に面した席のほうを見る。陸上部のマネージャーが三人、何やら楽しそうに話し込んでいる。

「——あ、探偵さんだ」

「探偵さーん」

こちらに気付いて、手を振《ふ》ってくれる。ほとんど反射的に、笑顔で手を振り返している。

「クールでニヒル、じゃなかったの？」

広げたメニューの向こうから尖《とが》った声がした。

「これも調査のために、不本意ながらやってるんだ。——アメリカン頼《たの》んどいて」

「せめてアイスコーヒーにしたら？」

「俺は、人間はクールだけど、コーヒーはホットが主義なんだ」

「でも、アイスは食べる、と」

……………。お冷やのグラスを持って、テーブルを移る。

「やあ、お嬢さんたち——」

「そんな格好で暑くないんですか?」

「探偵さんでも、こういうお店に来るんですか?」

「助手の人とはどこまで行ってるんですか?」

こっちが挨拶《あいさつ》の言葉さえ言い終わらないうちに、遠慮のない質問が押《お》し寄せる。援軍《えんぐん》を求めようと店の奥に視線をやったが、かつてのベルリンの壁《かべ》でさえこれほど人間を拒絶《きょぜつ》してはいなかっただろうと思わせる峻厳《しゅんげん》さで大判のメニューを顔の前に立てた由理奈は、季節限定セットのチョイスに没頭《ぼっとう》(するふりを)していた。

おーい、助手くん、探偵はとっても孤独《こどく》だぞ!


それにしても、女の子の食欲ってものがよくわからない。太ることを気にして、小さな弁当箱に詰められたわずかなおかずとごはんを半分くらい残したりする。そのくせ、学校帰りに寄り道して、甘《あま》いものを食べたりするのだ。——悪いとは言わないが。

しかし、それに輪をかけてわからないのが由理奈の食欲だ。店の奥でジャンボフラッペにスプーンを突《つ》っ込んでいる由理奈をちらっと見ながら思う。非常に健康的に弁当箱の中身は空にする。それでいて、食後にはアイスキャンディを食ったりする(当たりが出たのに、すぐにもう一本食べないのが、せめてものダイエットにあたるのかもしれない。コーヒーはブラックだし)。さらに、調査のために学校帰りに寄り道をすれば、そこでもしっかり餡《あん》ことアイスクリームの乗ったホットケーキを注文し、追加でジャンボフラッペを頼んだりする。セクハラにならないように気を使って描写《びょうしゃ》するなら、由理奈の体形は意外に起伏《きふく》に富んでいる。あるいは、余分な脂肪《しぼう》は肋骨《ろっこつ》の上と腰骨《こしぼね》のまわりに集中する体質なのかもしれない。傍《はた》で見ていると、もう少しカルシウムを摂《と》ったほうがいいのではないかとも思うのだけれど、それこそ余計なお世話だろう。

その時、二重になっているガラスドアを開けて、つかつかという感じで客が乗り込んできた。いや、客じゃないな、たぶん。ただいまお席にご案内しますというウェイトレスの言葉を無視する様を見るまでもなく、ほとんど確信していた。

「登下校の途中《とちゅう》で飲食店に立ち寄ることは、校則で禁じられています。すぐに帰りなさい」

テーブルの前に立ったそのお客、いや、七篠高校・風紀委員長・成田美樹は、〝ぎらっ〟という擬音《ぎおん》とともに眼鏡が光りそうな調子で言った。

さすが、わが天敵。こちらがどこに居ようと、いきなり降って湧《わ》く。

「さあ、君たち、デートの時間はお終《しま》いだ。気をつけてお帰り――」

「じゃあね、探偵さん」

「バイバイ、探偵さん」

「ごちそうさま、探偵さん」

風紀委員長が口を開く前に、三人とも席を立ち、店を出た。彼女《かのじょ》たちが表通りの雑踏《ざっとう》に紛《まぎ》れるのをガラス窓から確認していた美樹は、改めてこちらに向き直った。

「小林さんは、一緒じゃないの？」

美樹に気付かれないように、横目で店の奥《おく》を見る。さっきまで由理奈がジャンボフラッペを突っついていた席は、今は空っぽだ。無事、逃《に》げ果《おお》せたということか。ただ、気になるのは、フラッペのガラスの器も一緒に姿を消してることだ。

「あれ、俺には校則違反《いはん》だから帰れって言わないんですか、委員長？」

こちらに背を向けた美樹に尋《き》く。

「一度家に帰ってからここに来たのか、それとも下校途中に寄り道したのか、その格好じゃ判らないでしょ、二年B組・山田太一郎くん」

らしくもなく、肩《かた》をすくめて美樹が言う。ふむ。騎士道精神ニューモードには、意外な効用があるらしい。

「公平かつ慎重《しんちょう》な扱《あつか》いに感謝します、委員長」

「まったく、見てるこっちが汗《あせ》かいちゃいそうだわ、その格好。ハンカチくらい持ってるんでしょうね」

「あいにくと、俺のハンカチは、女の涙《なみだ》を拭《ふ》くためにあるんでね。――ごめんなさい、ちゃんと二枚持ってます。ティッシュも持ってます。爪《つめ》もきちんと切ってあります」

眼鏡の奥の三角の目を見て、テーブルの上にハンカチとティッシュを並《なら》べ、爪が見えるように両手を出す。気分は、ほとんど小学生の衛生検査。

「しまいなさい、わかったから。――夏休みが近付くと、気分が開放的になって、生活も不規則になりがちだし、非行に走る生徒が増えるから、生活指導の先生を中心にパトロールします。特に、繁華街《はんかがい》は念入りに。探偵ごっこもほどほどにしなさい、山田くん」

言うことだけ言うと、美樹は振り返りもせずに店から出ていった。お冷やの一杯くらい、飲んでいけばいいものを。

「アハハ……。危ないとこだったわ」

テーブルの下から、フラッペとノートパソコンを手にした由理奈が這《は》い出てきた。

「素早いな、秘書くん」

「事前に情報が入ってたしね」

こっちがマネージャー三人娘の相手をしている間にいじくっていたのだろう、由理奈がノートの画面をこちらに向ける。夏休みを前に気分が開放的になり、また生活も乱れがちになり、児童が非行に走りやすくなる季節です――。そんな書出しで始まる文書は、繁華街のパトロールをはじめ、学校、町内会、警察の少年係が連携《れんけい》して、重点的な生活指導を実行することを述べていた。

「――夏って、風紀委員長の季節だったんだな」

「やらないの？　だが俺は負けないって」

「はいはい。風紀委員にも生活指導部にも、夏の暑さにも冬の寒さにも、俺は負けない――。これでいいかい？」

「なんか、雨ニモ負ケズ、風ニモ負ケズって感じね」

「失礼します、お客さま――」

私立探偵と助手の決意と詩情に溢《あふ》れた会話に、ウェイトレスがニッコリと割り込んだ。

「こちらの伝票は、お客さまのでしょうか？」

差し出された小さなクリップボードを受け取る。食べた覚えのない品々が並んだ伝票。だが、すぐに思い当たる。ごちそうさま、探偵さん――。マネージャー三人娘の置き土産《みやげ》だ。

「はい、そうです。この伝票とひとまとめにして、この人が払《はら》いますから」

反対側から伝票を覗《のぞ》き込んでいた由理奈が、すごく嬉《うれ》しそうに言う。

「どうしたの、探偵さん、ため息ついて？」

「いや、いいんだ、情報提供料だと思えば……」

なんだか、私立探偵の心だけじゃなくて、財布《さいふ》の中身まで寂《さび》しくなっていくような気が……。

いくら日が伸《の》びたとはいっても、部活が終わった後、ファミレスに寄り道したんだから、とっぷりと暮《く》れている。等間隔《とうかんかく》で街灯が照らす道の向こうには、団地の白い建物が並ぶ。

建物の一つの玄関《げんかん》から、ジャージ姿の春日井拓が出てきた。手にはスポーツバッグを提《さ》げている。信号まで行かずに通りを渡《わた》り、細い脇道《わきみち》に入る。しばらく行ったところに、広葉樹に囲まれた広い公園がある。真ん中に大きな池があり、そのまわりを取り囲むようにしてベンチが置いてある以外は、ブランコも滑《すべ》り台もない、〝純文学〟という言い方に倣《なら》うなら、〝純公園〟とでも呼べそうな公園だ。

春日井は、ベンチの一つにバッグを置き、ジッパーを開くと、着ていたジャージの上下を脱《ぬ》いで、その中に押《お》し込んだ。ジャージの下は、短パンにランニングシャツという〝陸上スタイル〟だ。一〇分か一五分くらい、ストレッチングなどで体をほぐした後で、春日井は池のまわりを走り始めた。

池の反対側に春日井の姿が小さく見えている頃《ころ》、近所に学習塾《じゅく》でもあるのだろうか、揃《そろ》いの手提げ鞄《かばん》を持った小学生らしい一団が公園脇の道を通りかかった。

「ちょっと、君たち――」

メガネをかけた男の子ふたりは、パッと逃げてしまった。まったく、最近のガキどもは。人が声をかけたら、せめて返事くらいしろ。

小学生の頃からすでに女のほうが度胸がいいのだろうか、連れの二人が逃げてしまったにもかかわらず、残された女の子（やはりメガネ）は物怖《ものお》じする様子もなく、こちらを見ている。

「何の用、おじさん？」

………。まあ、つまり、私立探偵のアダルトな魅力《みりょく》を、小学生の乏《とぼ》しいボキャブラリーで表現しようとすると「おじさん」になってしまうのだと、好意的に解釈《かいしゃく》しておこう。

「君は、いつも、ここを通るのかい？」

「そうよ。月・水・金は、学習塾の日だから、だいたいこの時間に通るわね」

胸を張り、小首を傾《かし》げて答える。小学生のくせに、ちょっと生意気。

「あの、池の向こうを走っているお兄さん、判るかな？」

女の子は、木の隙間《すきま》から公園のなかのほうを見た。

「陸上選手みたいな格好をした、メガネの人ね」

「うん。――あの人、よく見かけるかな、ここで？」

「どうして、そんなことを尋《き》くの？」

不思議そうに、というより、疑わしそうに問い掛《か》ける。油断のならない小学生だ。

「あのお兄さんは、陸上部の部員なんだけどね、世界陸上に出られるかどうか、ちょっと下調べをしてるんだ」

あまり信じたようにも見えなかったが、女の子はうなずいた。

「あたしが通る時は、だいたい見かけるわ」

「いつ頃から、あのお兄さんを見かけるようになったのか、覚えてるかな？」

「四月から。春期講習の時は見かけなかったから、一学期が始まってからね、正確には」

「そうか。ありがとう」

「――いけない、遅刻《ちこく》しちゃう」

腕時計《うでどけい》を見て、女の子が慌《あわ》てたように言う。

「あれ、塾から帰るところなんじゃないのかい？」

「この後、ダンス教室に行かなきゃいけないの。主要教科だけじゃなくて、芸術とか情操方面も優秀じゃないと、有名私立中学は入れてくれないから。火曜はピアノ、木曜は美術教室、土・日は体操教室にも通ってるのよ、模試がなければね」

「休みなしのハードスケジュールか。小学生も忙《いそが》しいな」

「有名幼稚園にも附属《ふぞく》の小学校にも入れなかったんだもん、しょうがないわ。将来のための投資と思って、我慢《がまん》してるのよ」

「気をつけてな。進学も大切だけど、いい男も見つけろよ」

例えば俺みたいな――。駆《か》け出した女の子の背中に声をかける。

「パラメータを上げなきゃ、お互い恋愛対象にならないわよ」

こまっしゃくれたソプラノが返ってくる。まったく、最近の小学生は、ヘタな私立探偵なんかより、よっぽどタフでクールだ。

女の子の背中が大通りの向こうに消えてから気付く。あの子、どこか由理奈に似てるな。


春日井拓は、池のまわりを一〇周ほど走ると、整理体操をして、ジャージを着込んでから、公園を後にした。

距離《きょり》をおいてあとをつけ、春日井が団地に消えたのを確認した後で、もう一度公園に戻る。今度は池のほとりまで行き、彼が走っていた場所をゆっくりと歩く。楕円形《だえんけい》の池のまわりは、グラウンドにひかれたトラックよりはやや短い。三〇〇から三五〇メートルくらいか。地面は適度に弾力《だんりょく》のある土に覆《おお》われ、走るのには向いているようだ。

結論（あるいは原因、でなければ理由）は、単純なことだった。春日井拓は、部活の時間だけでなく、家に帰ってからも練習を重ねていた。その成果が、今月に入ってようやく目に見える形になり始めた、それだけのことだ。マネージャー三人娘から聞いたところによれば、トレーニングの成果が出てくるのは、個人差はあるにしても、だいたい三か月を過ぎたくらいからだというから、計算も合わないわけじゃない。

明日にでもわが秘書を連れてきて、〝特技・デジカメ隠《かく》し撮《ど》り〟で証拠《しょうこ》写真を用意すれば、調査報告は完璧《かんぺき》だろう。

問題は、これで依頼人《いらいにん》が納得《なっとく》するかどうかってことだ。いや、由理奈の代わりに依頼人自身を引っ張ってきて、自分の目で春日井の練習風景を確かめさせれば、納得するもしないもないだろう。——ほんとうに、そうか？

歩調が速くなる。やがて軽くジョギングするくらいのスピードになる。

納得がいかないのは、そして、納得したがっているのは、実は私立探偵自身なんじゃないだろうか。

そう。知りたいのは、それまで陸上部のどんけつだった春日井が、家に帰った後でさえ練習するようになったのは何故《なぜ》なのかってことだ。何が目的なんだ？　それこそインターハイ優勝でも狙《ねら》っているのか？

でも、どうやって調べたらいいんだ、そんなこと？

「——それって、探偵さんお得意の〝らしくもないお節介《せっかい》〟にもなってないじゃない？」

昨夜見たことの報告（ミニ由理奈みたいな小学生の女の子についての詳述《しょうじゅつ》は抜《ぬ》きにして）に対する由理奈のコメントがこれだった。

毎日ひたすら練習を繰《く》り返すことが、実は良いことではない（これも昨日のマネージャー三人娘から聞いた）ということからすれば、まあ、半分くらいは春日井に対しての〝らしくもないお節介〟の領域に足を踏《ふ》み入れているかもしれないけどね。

「それで、推理は？」

「何も思いつかないよ。調べる方法の見当もつかないしな」

ため息をつく探偵にお構いなく、由理奈は空になった弁当箱《べんとうばこ》（おかずはブリか何かの照り焼きだったようだ）をしまい、実に嬉しそうに冷蔵庫から今日の分のアイスキャンディを取り出した。

「――つき合おうか、探偵さん？　写真、撮るんでしょ？」

キャンディを食べ終わった由理奈が（今日は「ハズレ」だったらしい）尋《き》く。

「ちょっと試してみたいことがあるから、今日はパス」

団地から公園までの短い距離とはいえ、人目を気にしているのか、今夜も春日井拓は学校指定のジャージの上下にスポーツバッグを提げて現われた。道路を渡り、公園に入ると、昨日と同じようにスポーツバッグをベンチに置き、短パンにランニングシャツというスタイルに着替えて、ストレッチング等で体をほぐし始めた。

陸上部の練習って、ひたすら走るだけなのかい——。無知を装《よそお》った（ごめんなさい、実際に陸上競技に関しては無知です）私立探偵の質問に、マネージャーの女の子たちは答えてくれた。筋力トレーニングや、フォームの改良。たとえ一〇〇メートルのような短距離でも、最初と中《ちゅう》盤《ばん》、そして最後では走り方が違《ちが》うので、そのペースの配分の仕方など、練習内容は多岐《たき》にわたるのだそうだ。

そんな付け焼き刃《ば》の知識の助けを借りて見てみると、春日井のトレーニングは妙《みょう》なものに思えた。池のまわりを一〇周、ひたすら走る。これは、高校の陸上部員が独自に練習していると いうよりも、体力の衰《おとろ》えを感じ始めた中間管理職のおっさんとかが一念発起して始める〝ジョギング〟というやつに近いんじゃないだろうか。四月からずっと続いているという点は、中年のおっさんには真似《まね》しにくいだろうけどね。

春日井は、また、昨夜のように走っている。ひょっとして、あの場所を走ることで何かが起こる、あるいは何かが見えるなどということがあるのではないか——。キャンディ頭の推理マニアが愛してやまない本格系の探偵のようなことを考えて、昨夜は春日井が帰った後で池のまわりを走りながら、あたりを観察もしてみたが、特にこれといったものには気付かなかった。

癪《しゃく》なことではあるけれど、もう一歩、考えを進めてみた。つまり、あの場所というだけではなく、あの時間に走らなければ意味がないのではないだろうか？　飛躍《ひやく》した考え方ではあるが、実は春日井が走るのは昨日のミニ由理奈と関係があるのではないかと疑ってもみた。あの子に見せるために（それが何故なのかは判らないけど）走っているのではないか――。塾のない今日も走っていることから、その可能性は薄《うす》れたが。

うだうだ考えていても仕方がない。トレンチコートと安楽椅子《いす》は相性が悪いんだ。春日井といっしょに走れば、謎《なぞ》解きの一端《いったん》くらいは見えてくるかもしれない。意を決して走り出す。小走りにベンチやゴミ箱の間を抜け、池のまわりの、春日井のトラックに出る。春日井の背中は三〇メートルほど前方か。

短距離ならまだしも、長距離なら全力疾走《しっそう》ということもなく、幾分《いくぶん》はゆったりしたペースだろうと思っていたのだが、大間違いだった。昨日、傍から見ていた時には実感できなかったが、春日井のペースはけっこう速い。何だかんだいっても、陸上部員だ。平均値が一般人より高いということだろうか。合わせるだけでも、なかなかきつい。コンパスの長さだけは、こっちのほうが有利なはずなんだけど。

それでもピッチを上げ、なんとか春日井まであと一〇メートルというところまで距離を詰《つ》める。楕円形の池の端の比較《ひかく》的急なカーブに沿って走っていた春日井は、視界の隅《すみ》にこちらを捉《とら》えたらしい。ぎょっとした表情を浮《う》かべたのが判った。

腕《うで》の振《ふ》りが急激なものに変わる。腕だけじゃない。脚《あし》の動きもせかせかしたものになる。からだ全体が前方に傾き、口が突《つ》き出す。あまりきれいなフォームではない——って、それどころじゃない！

春日井がペースを急に上げただけではなく、池の傍を離れ、まっすぐ公園の出口に向かったのに気付いて、こちらもペースを上げる。

チャチャチャチャーッ。大昔《おおむかし》の刑事《けいじ》ドラマは、現場周辺の聞込《ききこ》みでも走っていたそうだが、こっちはニヒルな探偵さんだぞ（それでも、犯人追跡《ついせき》シーンにかかるようなＢＧＭを頭のなかで流してしまうあたりが情けない。まあいいか。他人には聞こえないんだし）。いや、もちろんタフでなければ生きていけない商売なのは確かなんだけど、それって、肉体的なタフネスの話だったっけか？

タフネスにおける肉体と精神との関係に思索《しさく》を巡《めぐ》らす一方で、身長一八三センチの肉体は、懸命《けんめい》に春日井を追う。脚の長さは、しかし、最近急激に成績が伸《の》びているという陸上部員との能力差を埋《う》めるにはあまり役立ってくれないようだ。こっちは、一〇〇メートル先のゴールに駆《か》け込むくらいのつもりで走っているのに、距離は縮《ちぢ》まらない。いや、開いている。じわじわと、しかし確実に開いている。汚《よご》れた街を一人征《ゆ》く現代の騎士《きし》とは言うものの、馬に乗ってるわけじゃない。どうして現代の騎士は、自前の脚で走らねばならんのだ。

春日井は、大きな通りに出て、さらにペースを上げた。なんとか赤信号に引っ掛《か》かってくれないかと思うのだが、うまいタイミングですいすいと通り抜けていく。

かなり走った。バス停ふたつ分、ひょっとしたら私鉄でひと駅分くらいは優に走っているんじゃないだろうか。

それにしても、何故？　春日井は何故、これほど必死になって逃《に》げるのだ？　逃げなければならない理由があるのだとしたら、それは何なのだ？

犯罪の臭《にお》いを嗅《か》いだような気がして、熱っぽい痛みを帯びている足にもうひと踏《ふ》ん張りさせる。おっ、行く手の信号機が点滅《てんめつ》を始めている。チャンス！

だが、春日井はまるでゴール直前のように、さらにスピードを上げ、まるで三段跳《と》びをするような勢いで横断歩道に飛び出した。信号が赤に変わる。こらこら、危ないぞ。もしも成田美樹がいたら、名前を呼ばれて、小言《こごと》を食らっているところだ。――関係ないか。

ここで逃げられるわけにはいかない。完全に赤になってしまった信号を無視して車道を突っ切ろうとする。

「キャーッ！」キキーッ！

悲鳴の二重奏。片方は女の子の悲鳴で、もう片方は、たぶん自転車か何かのブレーキ。

次の瞬間《しゅんかん》、傍《かたわ》らでけたたましい音がする。やはり自転車がひっくり返ったのだ。たぶん、飛び出したこちらを避《よ》けようとして。

向こう側の歩道では、車道を渡り切った春日井の背中がどんどん小さくなっていく。しかし、転んだ女の子を放っておくわけにはいかなかった。

「大丈夫《だいじょうぶ》か？」

トマトやらジャガイモやらが転がっているところを見ると、学習塾《じゅく》の帰りというわけではないようだ。拾うより先に、自転車を起こそうとしている女の子に手を差し出す。

「――山田くん……」

「美樹……」

偶然《ぐうぜん》だな。ちょうどいま、君のことを思い浮《う》かべていたところだよ――。事実ではあっても、この場面に相応《ふさわ》しいセリフとは思えなかったので、黙っている。

美樹はさっと立ち上がり、スカートの汚れを払《はら》うと、あたりに散らばった野菜やらジュースの缶《かん》やらを拾い集めた。手伝い、白いレジ袋《ぶくろ》に突っ込んでやる。けっこう、どんくさいところがあるんだよな、昔から。

「小林さんは、一緒《いっしょ》じゃないの？」

「ああ」

何か、探偵のほうが助手の付録になったような気分だ。

「怪我《けが》しなかったか――」「危ないでしょ、信号が変わってるのに無理に渡ろうとして――」

同時にしゃべってしまったが、お互《たが》いに相手の言ったことは理解できたようだ。

「悪い、ちょっと急いでいたもんだから――」「ありがとう、たいしたことないわ――」

…………。ここまでくると、つくづく気が合わないのか、意外に気が合っているのか、自分でもよく判らなくなるよな。

ふと見ると、美樹の膝小僧《ひざこぞう》がすりむけて、血がにじんでいた。

「ちょっと、山田くん――」

ひざまずいて、ティッシュで傷口を拭《ふ》いてから、ハンカチを結んでやる。

「言っただろ、俺《おれ》のハンカチは女の涙《なみだ》を拭《ふ》くためにあるって。まあ、正確には涙じゃないけど、涙用に、もう一枚ある」

「――あの、ありがとう」

さて、美樹が風紀委員長の意識に目覚めて追及《ついきゅう》の手を伸《の》ばさないうちに（あくまでクールにさり気なく）退散するとしよう。春日井の姿は完全に見失ってしまったけれど、最初の公園にスポーツバッグを取りに現われるかもしれない。そこで待つって手もありだろう。

しかし、脇目《わきめ》もふらずにここまで走ってきちゃったからなあ。途中で迷子《まいご》にならずに公園に戻《もど》れるだろうか？

「ひょっとして探偵さん、制汗《せいかん》スプレーを使いまくってない？」

事務所のドアを開けたとたん、鼻っ柱に皺《しわ》をよせて由理奈が言った。

「――何か臭《にお》ってくるのよね。サロンパスとかアンメルツみたいな臭い……」

「アンメルツ塗《ぬ》って、サロンパス貼《は》った」

由理奈の鼻っ柱の皺が眉間《みけん》にまで広がった。

昨夜はそれほど感じなかったんだけれど、筋肉痛は今朝《けさ》になってから大挙して襲《おそ》ってきた。太股《ふともも》やふくらはぎがパンパンになって、自分が二本足で直立歩行する生物であることを危うく忘れるところだった。準備体操もせずに走りまくったからなあ。春日井を追うことだけ考えていたのもまずかったんだろう。このあいだ隣《となり》の市の中学まで走った時は、自分のペースだった。保健室に寄って、畑沢先生に治療《ちりょう》してもらい、ついでに午前中いっぱい（身の安全を考えて、用務員室で）休息したのだ。

「なんだ、それでか。――探偵さん、なまじっか脚が長いから、ガニマタが目立つのよね」

嬉《うれ》しそうに言わないでくれ。

「それにしても、これからお昼ごはん食べようと思ってたのに――」

「弁当箱なら、教室か学食で広げればいいだろう？　こんなうらぶれた探偵事務所まで、わざわざ出向いてこなくても」

「だってこの部屋、日が当たらなくて涼《すず》しいんだもん」

「……………。探偵の苦悩《くのう》など知らぬげに、由理奈は開いた窓をさらに大きく開け、よりいっそう換気《かんき》を促《うなが》そうとする様子だ。由理奈の風上にならないような位置に椅子を持っていき、ゆっくりと腰を下ろす。

由理奈が弁当（おかずは鶏《とり》のモモ肉・骨付き）を食べ終わるのを待って、昨夜の追跡劇《ついせきげき》の一部始終（ではないな、正確には。美樹のことは省いたから）を語って聞かせる。

「──公園に戻った時にはバッグは消えていた。たぶん、春日井が回収したんだろう。あの時、どうして彼が逃《に》げ出したのかという疑問が残ったわけだが……」

「知りたい、探偵さん？」

大きなキャンディを思わせる頭を傾けて由理奈が尋《き》く。

「判るもんなら、教えてもらいたいもんだね、助手くん」

「あのね、この暑いのにトレンチコートをきっちり着込《きこ》んで、ソフト帽《ぼう》を被《かぶ》った大男が、暗がりからいきなり現われて、自分のほうをめがけて走ってきたら、普通《ふつう》の人はどうする？」

「…………逃げるな、普通は。いやあ、盲点《もうてん》だった」

「初歩的な推理だよ、ワトソンくん」

勝手に人をワトソン呼ばわりするんじゃないよ、ホームズくん。

「でも、ちょっとだらしないんじゃない？　日頃《ひごろ》はタフガイを気取ってるのに」

「腕力《わんりょく》には多少の自信があるんだけど、脚力《きゃくりょく》はイマイチだな」

「だったら、次は逆立ちして走れば？」

それはちょっとベタに過ぎるぞ、秘書くん。

「それから、お酒を控《ひか》えて、もう少し日の当たるところで生活すること」

人が〈フォア・ローゼス〉の瓶《びん》の中身を氷の入ったグラスに注《つ》いでると、「どうせ中身はウーロン茶なんだから、瓶ごと冷やせばいいのに」なんて言うくせに。

「――そうそう、忘れてたわ。これ、成田さんが探偵さんにって」

筋肉痛の塊《かたまり》のような脚で急に立ち上がったので、よろけてしまう。由理奈は小さな平たい紙包みを手にしていた。ひったくるようにして受け取り、由理奈に背中を向けてから、開く。昨夜のハンカチだ。洗濯《せんたく》して、きっちりとアイロンがかけてあるあたりが美樹らしい。筋肉痛のせいで午前中いっぱいは用務員室の座布団を枕《まくら》に寝《ね》ていたから、美樹が事務所に来た時には、由理奈しかいなかったわけだろう。

「ふーん、ハンカチね……」

肩越《かたご》しに覗《のぞ》き込んだ由理奈が意味ありげにつぶやく。

「いや、昨夜、春日井を追いかけている時に、交差点で赤信号になりかけていたところを駆《か》け抜《ぬ》けようとして横合いから出てきた自転車が俺にぶつかるのを避けようとして急ブレーキをかけて倒《たお》れたんだけどそれに乗ってたのが成田委員長で膝小僧をすりむいていたからハンカチで縛《しば》ってやったというただそれだけのことなんだようんそれだけだそれだけ、そ・れ・だ・け」

「うん、成田さんもそう言ってたよ」

この暑いのに、冷や汗《あせ》をかいている自分がつくづく情けない。

「そろそろ五時限め始まっちゃうな。——それじゃ、探偵さん、また、放課後にね」

ニッコリ笑って、由理奈は事務所を出ていった。汗を拭《ふ》こうかと思ったけれど、なんだかもったいないような気がして、アイロンのかかったハンカチをポケットにしまう。

ああ、探偵って、孤独《こどく》なもんだよなあ……。


昨夜のことがあるから、ひょっとしたら今日は走りに来ないかもしれないと思った。由理奈には春日井のほうを見張ってもらい、こちらは一足先に公園に来て、現場を調べることにする。

木立の間から射《さ》し込む赤っぽい光に照らされた公園を一周しても（池のまわり、そして例のベンチは特に念入りに調べる）、変わったところは見つけられなかった。いや、調べている本人だって、実はそんなもの期待していないのかもしれない。

日が沈《しず》み、薄紫色《うすむらさきいろ》の空に星が出始めた頃《ころ》、キャンディの包み紙のような髪《かみ》の毛を振《ふ》りながら、由理奈が公園に到着した。

「春日井くん、家に帰ったわよ。特に変わった様子はなし」

携帯《けいたい》で一報してくれれば、それで事足りただろうに。

「探偵助手としては、現場に立ち会わないわけにいかないじゃない」

果てしなく元気な助手くん。この元気を支えているのは、やっぱりあの食欲なんだろうか。

「それで探偵さん、何をやらかすつもり？」

やらかす……。ちょっと寂しいものを感じながら、用意しておいたスニーカーを自分のスポーツバッグから取り出し、ローファーから履《は》き換《か》える。

「——探偵さん、死ぬつもり？」

靴《くつ》を履き換えて何をするつもりなのか、キャンディ頭の中の（ひょっとしたらショッキングピンクかもしれない）脳細胞《のうさいぼう》が推理したのだろう。それにしても、ちょっとドラマチックに過ぎないか、その質問は？

「この炎天下《えんてんか》にトレンチコートをきっちり着てるだけで脳ミソがオーバーヒートしそうなのに、今夜もどんどこ走ろうっていうの？　天気予報じゃ熱帯夜だって言ってたわよ。心臓がパンクしたって、知らないからね」

ため息まじりにわが秘書が言う。意外と度胸が据《すわ》ってるじゃないか。ひょっとしたら、すでに諦《あきら》めの境地なのかもしれないが。

「大丈夫《だいじょうぶ》さ」

スニーカーの紐《ひも》をきっちりと結《ゆ》わえた後で、トレンチコートのベルトを解いて、前を開く。小さな悲鳴をあげ、キャンディヘアの両端《りょうはし》をビクッと跳《は》ねさせて、由理奈が顔を背けた。

「おーい、秘書くん、何か誤解《ごかい》しちゃいないか？」

顔を覆《おお》った指の隙間《すきま》から由理奈の丸い目が覗《のぞ》く。

「いちおう、それなりの準備はしてあるってわけさ」

由理奈の全身がプルプルと震《ふる》えている。感動しているから——ではないな、たぶん。

「——あのねえ！　短パンとランニングを着るだけの分別があるのに、どうしてその上にトレンチコートを着て、ソフト帽《ぼう》を被《かぶ》っちゃうのよ！　陸上のトレーニングなんでしょ！」

なるべくニヒルに、薄《うす》く笑う。

「もちろん、美学だよ」

慣れぬウィンクなど一つしてみる。返ってきたのは盛大《せいだい》なため息だけだった。

団地から公園に入る道からは見えない、公衆トイレの陰《かげ》で待つ。由理奈はおかんむりだが、そこはクールにいなすことにする。

春日井は、昨日と同様、学校指定のジャージで現われた。ただ、昨日より周囲に目を配っているように見える。隅《すみ》のベンチにスポーツバッグを置き、着替え、手足をほぐしてから、池のまわりの〝トラック〟に出て、走り始めた。さっそく由理奈がデジカメを手にする。

準備運動なら、全身が汗《あせ》ばんで、手足の関節が外れるくらい徹底《てってい》的にやっている。また逃《に》げ出されると困るので、今日はゆっくりと池のほうに近づくことにした。

こちらの姿を認めたのか、春日井はかすかに眉《まゆ》をしかめたが、何も言わず、逃げ出すこともせずに、同じペースで池のまわりを回っている。無視を決め込んでいるようだ。こちらも黙《だま》って走り出す。

昨日と同じ、傍《はた》から見て感じるよりもずっと速い。それでもピッチを上げ、なんとか春日井と肩《かた》を並《なら》べる。こちらを見もしないが、意識はしているのだろう、若干ペースが上がったようだ。こっちもそれに合わせる。

今日こそは、汚《よご》れた街を一人征《ゆ》く現代の騎士《きし》が、精神的にだけではなく、肉体的にもタフであることを証明してやる——。そういう意気込みがある。由理奈の大好きな本格系私立探偵の元祖はコカイン中毒だった。薬物依存《いぞん》の私立探偵も数知れず存在する反面、腕《うで》っ節《ぷし》をはじめとする肉体的なタフネスが売り物の私立探偵も多数存在するのが、この業界の面白《おもしろ》いところだ。例えば、トレーニングジムに通うのが日課だって同業者がいる。そいつときたら、恋人《こいびと》の顔をプリントしたTシャツを着て、家のまわりをジョギングしたりする。不健康なくらい、健康に拘《こだわ》ってる奴《やつ》なんだ。健康中毒、健康依存症、健康神経症と呼ぶしかない——。

池を一〇周し、今日のトレーニングは終わりかと思われたところで、春日井は唐突《とうとつ》に進路を変え、公園の外に出た。

逃げるつもりか。そうじゃないだろう。春日井の家は判ってるんだし、バッグを取りに一度は公園に戻らなくちゃいけない。それに、何かを持って逃げてるってわけでもない——。そこまで考えて、今日はとことんつき合ってやると腹を括《くく》る。昨日と同じ道順、多少は冷静に走ることができそうだ。頭のなかに響《ひび》くBGMは〈モックス・ニックス〉の出だしのみ。

いきなり電子音が響く。どこだ？　ポケットの中。携帯《けいたい》が鳴っている。

「はい、こちら七篠探偵事務所」

助けを求めているかもしれない相手のことを思うと、どんな時でも電話を無視できない自分のお人好しぶりが厭《いや》になる。もっとも、いま手掛《てが》けている件が片付くまで、新規の依頼《いらい》は受けられないが。

『あ、探偵さん？　あたし』

電話越《ご》しのキャンディ・ボイスに、膝《ひざ》から力が抜けそうになる。

「何の用だ、助手くん。言うまでもないが、俺はいま、お取込み中だ」

『いまね、春日井くんのバッグを調べてるところ』

ちょっと意外な言葉。

『ひょっとしたら、あの中に覚醒《かくせい》剤とか拳銃《けんじゆう》とかがあって、春日井くんが走っている間に、金の入った同じ種類のバッグを持ってきた奴がベンチの上で交換《こうかん》してるんじゃないかとか思ったのよね。つまり春日井くんは、運び屋兼監視《かんし》役《やく》ってことで』

それって、高校陸上部の選手にドーピングを疑うのと、発想の飛躍《ひやく》のレベルじゃ似たようなもんだぞ。

「それで？　犯罪《はんざい》の臭《にお》いがするようなものは何かあったのか？」

いちおう、声をひそめる。電話に気をとられたせいか、春日井との距離《きより》が開いてしまっているが、会話の内容が内容だ。しばらくはこのままにしておこう。

『何にもなし。ジャージの上下とスポーツタオルでしょ。クールダウン用のスプレーに、メガネケース、あと、本が一冊ね』

スプレー剤の名前は控《ひか》えておいてもらおう。陸上部員の愛用品なら、効くかもしれないから。

「それで、バッグは二重底になってないか確かめたのかい？　本だって、中をくりぬいて拳銃や覚醒剤が隠《かく》してあるかもしれないぜ」

『見損なわないでほしいわね。あたしがそれくらいのこと考えないと思うの？　ちゃんと確かめたわよ』

うーむ。皮肉のつもりで言ったんだが。

『バッグも本も、おかしなところはなし。「陸上とわたし」って、陸上選手の自伝みたいね。最後のページにローマ字でサインが入ってるわ。KAORU　MIWA。作者とは別の名前』

何か、謎《なぞ》の匂《にお》いがするな。

「――わかった。バッグと中身は元《もと》のとおりに戻しておけよ。あからさまにプライバシーの侵《しん》害《がい》なんだから」

『ハードボイルドの探偵なんて、プライバシーを侵害するのが仕事みたいなもんでしょうに』

あ、ちょっと胸にグサッときたな。

けたたましいクラクションが、自分の仕事の後ろ暗さに考えを巡《めぐ》らせかけた私立探偵を現実に引き戻した。ボケッとして、危うく赤信号の点《つ》いている交差点に飛び出すところだった。

とりあえず、携帯をポケットに戻し、〝その場足踏《あしぶ》み〟で信号が変わるのを待つ。春日井とはだいぶ離れてしまったが、まだ見失ってはいない。

信号が青になると同時にスタートダッシュをかけ、春日井との間を詰《つ》めることに専念する。

脳内BGMは〈フィルシー・マクナスティ〉に変更《へんこう》、スピードアップを図る。その後は信号に引っ掛かることもなく、快調なペースで進む。どうにか、公園を出た時と同じくらいまで春日井に近づくことができた。

美樹の自転車がひっくり返った横断歩道を渡《わた》る。道はやがて団地の建物が立ち並ぶ一角に出た。バスのロータリーを一周し、春日井は来た道を引き返した。こちらもそれに続く。

いつもはクールな表情しか浮《う》かべていないはずの顔の表面が熱い。熱くて、脈打っている。顔だけじゃない。体のどこでも脈拍《みゃくはく》が測定できそうな気がする。

暑い。日が暮《く》れてだいぶ経《た》ち、多少は風も涼《すず》しいというのに、体にまつわり付いた熱気は逃げない。逃げないはずだ。ギャバジンのコートはその内側に汗を含《ふく》んだ熱気をしっかりと抱《かか》え込んでいる。さらに、休むことなく躍動《やくどう》する筋肉は、コートの外に逃げた熱を埋《う》め合わせて余りあるほどの熱を排出《はいしゅつ》している。

いかん。このままではぶっ倒《たお》れてしまう。美学に拘るあまり、中途半端《はんぱ》な調査で終わってしまうようなことは避《さ》けねばならん。

ベルトを解き、コートの前を開く。目の前で陽炎《かげろう》が立ち上ったような錯覚。きっちり着込んでいる時に比べてコートの裾《すそ》が向かい風を含んで翻《ひるがえ》り、まるでスピードが上がったような気がした。

だが、ほどなく、それが大きな勘違《かんちが》いであったと知ることになった。広がったコートは空気抵抗《ていこう》をより大きく受けることになり、さらに手の動きを制限する。ベルトの両端をポケットに突っ込んで、足に絡《から》まることだけは予防したけれど、一時の涼しさを得るためにコートの前を開いたのは失敗だったんじゃないだろうか。

そもそもコートを着て走ること自体が大失敗なのよ！　誰《だれ》かが頭のなかで叫《さけ》んでいる。筋肉の帯びた熱も、激しく速い脈動も、だんだん感じなくなってきたみたいだ。

いつしか頭のなかでは〈グレゴリオ聖歌〉が鳴り響いている。ああ、神さま、もしも無事にゴールできたら、もう二度と、アクアスキュータムを着たまま長距離を走ったりしません！

自分の汗に溺《おぼ》れそうな状態でゴールに駆《か》け込む。いや、正確を期そうと思うなら、倒れ込んだと言ったほうがいいかもしれない。春日井のように足踏みをしながらゆっくりとペースを落としている余裕《よゆう》なんて、まるでない。

春日井は整理体操に移っている。こちらもそれらしいことをしようとしたら、曲げた膝《ひざ》が伸《の》びなくなってしまった。地面にしゃがみ込んだまま、立ち上がれない。手で膝を押したところで、まったく効果なし。

その間に、体操を終えた春日井はジャージの上だけを羽織《はお》り、バッグを片手に提《さ》げて、公園を後にした。

「——大丈夫《だいじょうぶ》、探偵さん？」

トイレの陰《かげ》から現われた由理奈が、おそるおそるという感じでこちらを覗《のぞ》き込む。

「こ……鋼鉄の肉体……」

「ちゃんとアンメルツ持ってきたから、元気出してね」

筋肉痛の薬で、元気が出てたまるか！

「鋼鉄の肉体って言ってたけど、ブリキの肉体をもったロボットのオモチャみたいよ、今日の探偵さん」

筋肉痛に占領《せんりょう》された肉体でギクシャクと事務所に来た鋼鉄の意志をもつ男を見て、キャンディの頭をもつ少女はさらりと言ってのけた。

タフガイの体を蝕《むしば》む筋肉痛は脚《あし》から腰《こし》を越《こ》え、全身に広がっていた。クールな表情を無理矢理維持したためか、顔の筋肉までが痛む。まったく、畑沢先生に〝健康優良児〟の御墨《おすみ》付きを貰《もら》ったのが嘘《うそ》みたいだ。

わが助手は、昨夜撮影した写真をもとに、フォームの研究などもしたらしい。

「——それから、昨日の春日井くんの本だけど、図書室にあったよ、同じ本。ミワ・カオルって人については、調べたけど陸上関係では見つけられなかったわ」

由理奈が手回しよく借り出しておいてくれた本を受け取る。あるいはこのなかにヒントが隠されているのか。

「小菅くん、代表に選ばれるかどうかギリギリの線だから、グングン記録を伸ばしている春日井くんのことを脅威《きょうい》だって思ってるのよね。それで、秘密を探れって――」

おっと、依頼人の事情を詮索《せんさく》するのはタブーだぜ。たとえ、プライバシーを侵害するのが仕事みたいなもんだったとしても。

「今日は、春日井くん走るのかな？　部活の練習は休みだけど」

積極的休養やら完全休養やら種類はいろいろあるが、休むこともトレーニングのなかには組み込まれている。つまり、ひたすら練習を繰り返せばいいというものではないらしいんだけど。

「部活の後、自分ひとりで練習をする奴なんだぜ。休む理由は見当たらないな。推理するまでもないだろ？」

「当然、探偵さんも走るってことになるわけよね、推理するまでもなく」

………。今夜もじっくり、〝長距離走者の孤独〟を味わうことになりそうだ。

「これ、持っててくれ」

準備運動に疲《つか》れたところで、ポケットの中の一切合財を由理奈に渡す。いわゆる貴重品に限らず、全部。ジッポ、ミニマグライト、ビクトリノックスのソルジャー……。念のため、携帯だけは持っていく。探偵助手を自認するだけあって、由理奈はいちいち確かめていった。

「懐中電灯《かいちゅう》あるんなら、昨日、借りればよかったな。――ねえ、ライターって何かの役に立つことあるの？」

「寒い時には暖がとれる」

「…………。冬場にそんなもの持ってたら、放火魔《ほうかま》と間違《まち》えられるかもよ。ライターもそうだけど、よく没収《ぼっしゅう》されなかったわね、アーミーナイフなんて」

「それは三代目」

「…………。それで探偵さん、何するつもり、こんなのあたしに預けて？」

「いや、少しでも身軽にしようと思って」

そう、経験から学習して実践《じっせん》に移すのが、頭脳もタフな男の心構えというものだ。

「だったら、コートを着るのをやめればいいだけの話じゃない」

「チッチッチッ。わかってないな、秘書くん。それは――」

「毎度おなじみ、男の美学？」

半開きの口を、冷たい風が吹《ふ》き抜けていったような気がした。もちろん、ぜんぜん涼しくはならない。

気を取り直して、もう一度説明しようとした探偵の肩《かた》を由理奈が叩《たた》いた。

「ほら、春日井くん、出てきたよ」

指差すほうを見る。昨日と同じ格好の春日井拓だ。部活がないためか、これまでよりやや早い時刻だ。

「まあ、とりあえず、頑張《がんば》ってみてよね」

言葉の表面は気乗り薄《うす》なのに、どこか目が輝《かがや》いているようなのは、こっちの気のせいなんだろうな。

春日井は、こちらを見ても、特に反応しない。やはり無視を決め込んでいるようだった。着《き》替《が》え、準備運動を済ませ、走り出す。こちらもそれに続く。神さま、ごめんなさい。私立探偵は嘘つきになってしまいました。

池のまわりを一〇周し、公園の外に出る。最初に見た時には公園のなかだけしか走っていなかったんだから、まるっきり無視されているわけではないのかもしれない。

昨日の悪戦苦闘《くとう》の再現にならないように、暑くてもコートの前を開くまいと自分に言い聞かせる。妙《みょう》なもので、筋肉痛の塊《かたまり》のようだった脚は、最初のうちこそ多少ガクガクしたものの、いまはまるで勢いよく走れることを喜んでいるようだ。

春日井の行動がよく判らない原因の一つには、トレーニングの目的がはっきりしないということがある。ひたすら走るだけ。長距離《ちょうきょり》と短距離では、基礎体力の養成などはともかくとして、練習内容がかなり違う。例えば短距離では、瞬発力《しゅんぱつりょく》、集中力が重要とされる。短距離走の選手がハイジャンプや幅跳《はばと》びの選手を兼ねていたりするのも珍《めずら》しいことではない。ある短距離選手などは、長距離の練習をしている選手の脇《わき》でぷかぷかタバコをふかし、俺《おれ》に必要なのは瞬発力と集中力だから、おまえたちと違ってタバコを吸ってもかまわないんだとうそぶいて、実際に高記録を叩き出したという（以上、陸上部員・某《なにがし》からの受売り）。

そうそう、タバコといえば、高校生ですからタバコ吸いませーんなのに、ジッポのライターを持っているのは、暖をとるためではなく、タフさを感じるからかな。オイルさえ切れなければ、連続して七万回以上の着火が可能だという（以上、畑沢女史からの受売り）。この信頼《しんらい》性というか確実性というか、見習いたいよ。連続して七万件以上の事件解決が可能な私立探偵――。いいじゃないか。

――どうも考えがあっちこっちにフラフラしてしまう。暑さのせいか、あるいは脳内麻薬《まやく》物質の分泌《ぶんぴ》の活発化、いわゆるランナーズハイのためだろうか。

昨日ほどしんどくないのはありがたいけど、調査対象、そして周辺の光景への観察がおろそかになるのはまずいな。

バスのロータリーを一周して、復路に入る。春日井のペースは落ちない。いや、部活の疲れがないせいか、昨日より速いくらいだ。

「――俺も、タフさには、自信が、あったが……」

それでも何とか肩を並べる。

「さすがに、陸上部だな――」

「関係ないだろ」

春日井は低くつぶやき、猛《もう》スパートをかけた。慌《あわ》ててこちらもダッシュするが、間は開く一方だ。

ふらふらになって公園にたどり着いた時には、すでに春日井の姿はなかった。みっともなくへたり込んだ私立探偵に、由理奈が冷たいスポーツドリンクのボトルを差し出してくれる。これも経験を活かして、用意しておいてもらったのだ。

礼を言うのもそこそこに、ありがたく頂戴《ちょうだい》する。飲む端《はし》から、細胞に染み込んでいくようだ。

「――急激な運動の直後にスポーツドリンクのガブ飲みをするのは、体によくないのよね」

アルカリイオンが気管支から肺に入り込み、私立探偵は激しく咳《せ》き込んだのだった。

「あーっ⁉」

昼休み、由理奈は事務所に来るなり悲鳴をあげ、冷蔵庫のドアを開けた。

「――なんだ、ちゃんとあたしの分あるじゃない……」

どうやら、探偵がアイスキャンディを咥《くわ》えているのを見て、由理奈に奢《おご》る分に手をつけたのだと疑ったらしい。

「あのなあ、君も探偵助手を名乗るなら、もう少し探偵を信頼しろよ」

「最初に信頼を裏切ったのは探偵さんでしょ？」

……………。それを言われると一言もないんだけどさ。

「――それで、何か判った、探偵さん？」

昼食（でっかいオムライス）を終え、アイスキャンディを舐《な》めながら、由理奈が尋《き》く。

昨日、由理奈から渡された本を読んでみたが、ヒントになりそうなことは（ミワ・カオルの正体も含《ふく》めて）書いてなかった。青少年向けに書かれたらしいその本は、自伝としても、陸上競技の入門・解説書としても、中途半端な内容に思えた。さすが陸上部というつぶやきに対する春日井の過剰《かじょう》反応のことを思い出し、あれこれ考えを巡《めぐ》らせたが、閃《ひらめ》くものは何もなかった。

春日井は、中学時代は陸上部ではなかった。文科系でも似たようなものかもしれないが、高校に入ってから急に運動部の部活動を始める人間は少ない。高校生ともなれば部活の内容もそれなりに高度なものになっているので、下地《したじ》というか、基礎が出来ていないと、ついてくることが難しいからだ。そのへんに何かヒントがありそうな気がするんだけれど。

「走ってて、何か手がかりは見つからなかったの？　例えば不自然な行動とか、途中《とちゅう》で誰《だれ》かとすれ違《ちが》ったとか」

実を言うと、走るのに精一杯で、それどころじゃなかったんだけど、正直に言うわけにもいかない。

「秘書くんには判らないかもしれないな」

なるべく渋《しぶ》い表情と声で言う。

「一緒に走ることで、春日井と俺《おれ》は無言の会話を交わしているのさ」

「無言の会話って、手話みたいなもの？」

ちょっとベタだぞ、秘書くん。それに何なんだ、その胸の前で十字に組んだ手は？

「でも、今日も走るのよね？」

手を解いて、由理奈が言う。何故《なぜ》、走るのか？　そこに地べたがあるからだったら、笑うぞ。

「安心していいわ。今日はあたしも新兵器を用意するから。探偵さんの見落としている手がかりも、あたしが見つけ出してみせるわよ」

自信ありげに笑う由理奈。自走式ノートパソコンなんてものが存在しただろうか。ゲームもそうだが、コンピュータ方面にも明るくない私立探偵には見当もつかないことだった。

「ペースが落ちてるわよ、探偵さん！」

後ろからオレンジ色を連想させるキャンディ・ボイスが追い掛《か》けてくる。

「ほら、もっと顎《あご》を引いて、腿《もも》を高く上げる！」

ピッ、ピッ、ピッ、ピッ。ホイッスルがテンポを刻む。

由理奈が用意した新兵器とは、何のことはない、自転車（ママチャリってやつね）とメガホン（野球場で売ってるようなやつ）、そしてホイッスルだった。いや、何というか、もう少し推理的というか、頭脳的なものを予想してたんだけど。せめて、自走式安楽椅子《いす》とか。

本人は楽しそうだけど、その効果は疑問というか、むしろ逆効果じゃないのか？　心なしか、春日井のペースは昨日よりも速い。背中もこちらを拒否《きょひ》しているように見えるぞ。それに、そんなことの片手間で、探偵の鋭《するど》い眼光でも見落としている手がかりを見つけられるのか？

毎回、最後には倒《たお》れ込《こ》むようにしてゴールインしている私立探偵としては、元気を分けてくれようとしてる助手の好意は素直に受け止めたいんだけど。

ただ、コンクリートの荒野《こうや》をひた走る野獣《やじゅう》とそれを追う猟犬《りょうけん》のペースに合わせていては、たとえ自転車という〝新兵器〟を導入していても、女の子の体力ではきついだろう。しかも由理奈はホイッスルを吹《ふ》き鳴らし、大声をあげてこちらを煽《あお》り立てている。その消耗《しょうもう》は、黙々《もくもく》と走った場合とは比べものにならないはずなんだけどなあ。

そろそろ危険地域に足を踏《ふ》み入れていることに気付く。好都合なことに、点滅《てんめつ》を始めた信号が迫《せま》っている。手前でいきなりダッシュをかける。

「えっ？　えっ？　ちょっと待ってよ、探偵さん！　探偵さんってばぁ！」

キャンディ・ボイスがどんどん遠くなる。信号の向こうに由理奈が取り残されたところで、春日井に並《なら》ぶ。

「悪いんだけどな、コースを変更《へんこう》してくれないか？」

「…………」

春日井はこちらを見もしない。

「知ってるだろ、風紀委員長の、成田美樹」

「…………？」

「あいつの家がこの近くでな」

「…………⁇」

「できれば見つかりたくない。頼《たの》む、コースを変えてくれ。——お願いします」

「…………………」

伴走者《ばんそうしゃ》さえいなければ、こんなこと頼んだりしないんだけど、背に腹は替《か》えられない。

次の交差点で、春日井は右に折れた。ホッとひと息ついている間に、また距離が開き始める。春日井の好意（？）に応《こた》えるためにも、負けられない。顎を引き、腿を高く上げる——。

そういえば、由理奈はどうなったんだろう？

「ふえーん、疲《つか》れたよぉ」

荷台に乗っけた巨大キャンディが呻《うめ》き声をあげている。

「あれだけ大声を張り上げてれば、体力も使うさ」

「それだけじゃないよぉ。自転車でもきついくらいのハイペースなんだもん、探偵さんたち」

そんなにハイペースの走りを見せていたかと、ちょっと嬉《うれ》しくなっちゃうっていうのも間抜《まぬ》けな話かな。緩《ゆる》みかけた頬《ほ》っぺたを引き締《し》める。

「それに、あたしのこと、途中でまこうとしたでしょ？　したでしょ？」

〝だれ何とか〟みたいになっているくせに、声と視線の尖《とが》り方だけは、少しも弱まっていない。これもある種の元気というか、底力だよな。

途中で転んだりこそしなかったものの、鉄人ふたりの定例コースにつき合った由理奈は、もはや自転車のペダルを踏むことのできない状態になっていた。人気《ひとけ》のない夜の公園に置き去りにするわけにもいかないし、まこうとしたわけではないけれど、一時的に由理奈の視野から逃《のが》れようとした後ろめたさもあるので、鋼鉄の馬（ってバイクの比喩《ひゆ》だよな、普通《ふつう》。少なくともママチャリではない）に跨《また》がった現代の騎士が送っていくことになったのだ（ふと、荷台に乗せるより前カゴに入れたほうがいいんじゃないかと思ってしまったのは、由理奈には秘密）。よっぽど疲れたんだろう、背中に摑《つか》まるというより、寄《よ》っ掛《か》かっていると言ったほうがいいみたいだ。

眠っている人間は重いっていうけれど、疲れ果てた由理奈も少し重かった。いや、身長の割に肉付きがいいのは事実――なんて言ったら、本人は怒《おこ》るだろうな。

「――それで、君の鋭《するど》い観察力は何か発見したのかな、助手くん？」

「イジワル！」

「こらこら、騒《さわ》ぐな。自転車ごと転んじゃうだろ。――どっかでアイスでも食おうか？」

「ワーイ、探偵さんの奢《おご》り？」

「――まだ、使わずに持ってるんだろ、当たりのスティック？」

「ケチ」

事務所には朝からサロンパスとアンメルツの臭《にお》いが立ちこめていた。探偵も、その秘書も、ギクシャクとかバキボキとか音がしそうな動きしかできずにいた。

「何を熱心に調べてるんだい？」

ノートパソコンを広げて情報を集めているらしい由理奈に尋《き》く。

「今週の天気予報」

都道府県別の天気予報ならラジオで聞けるけど、由理奈の欲しいのは細かい地域別の詳細《しょうさい》な情報らしい。

「また、今夜も熱帯夜、なんて話かい？」

チッチッチッ。舌を鳴らしたのは、今日は秘書のほうだった。

「激しい雨の降る日、春日井くんはトレーニングを休む。だけど、何故か気になって、あの公園まで傘《かさ》をさして出掛けてみる。すると、雨のなかを、探偵さんが黙々と走っているの。それを見た春日井くんは感動して、真相を話す気になるってわけよ。——どう、探偵さん好みの感動的な話でしょ？」

助手くん、君はちょっと妄想癖《もうそうへき》があるんじゃないのかい？

同じ感動的な話というなら、いまは病気か怪我《けが》のために走ることのできない美和薫さん（当て字）という少女から、「春日井くんには、私の分まで思い切り走ってほしいの」と言われて、彼女が感動した本『陸上とわたし』を手渡されたために、今日も春日井くんは頑張るのでした、というような話のほうが好みだ。

「そのうち、俺《おれ》が事件を解決したら、自分も勇気を出して歩いてみるなんて約束《やくそく》を車椅子《くるまいす》の少年とすることになるかもしれないな。——それで、今夜の天気は？」

雨が降ったら休めるかもしれないないなという期待が頭の片隅《かたすみ》に湧《わ》いて出たのは、我ながら情けなかった。

「きれいな星空。ついでに言うと、熱帯夜よ」

探偵は、孤独《こどく》じゃないけど、暑くって、疲れて、筋肉痛……。

盛大《せいだい》な筋肉痛は峠《とうげ》を越し、普通の疲れに取って代わった。マネージャー三人娘《むすめ》や陸上部の某《なにがし》から聞いたことが（そして、あの本に書かれていたことが）正しいとすると、トレーニングは三か月以上続けないと、実際的な効果は出てこない、もったいないことに。とはいえ、このトレーニングを三か月も続けるわけにはいかない。依頼人と約束した期限は一週間。そろそろ秒読みが始まっている。

しかし、春日井の後を追って公園を出る頃《ころ》には、そんな心配とも焦《あせ》りともつかないことも頭のなかから消えていた。脳内麻薬物質が満ち溢《あふ》れてきたのか、あるいは筋肉痛で脳細胞が麻痺《まひ》してしまったのかもしれない。

感心なことに、今日も由理奈は自転車でついてきている。さすがにホイッスルとメガホンによる激励《げきれい》はやめたようだが。

昨日と同じ交差点で、やはり右に曲がる。この先の小学校のまわりをぐるりと回って、復路に入ったのだ、昨日は。

だが今夜の春日井は、小学校の校門の前を過ぎ、さらに先へと走り続けた。

春日井が走る時はいつもそうだけど、この先どこまで走るのか、いつまで走るつもりなのか、走っているスピードからは判断できない。ペース配分というものを考えずにがむしゃらに走っているようにしか思えない。そもそも、何のために走っているのかも判らないんだから、当然かもしれないが。

とりあえず、まだ引き返す気がないことは判った。どこまで、いつまで走り続けるつもりか知らないが、現代の騎士の誇《ほこ》りに賭《か》けて、この鋼鉄の両脚が挫《くじ》け、鋼鉄の心臓が破裂《はれつ》するまで、とことんつき合ってやろうじゃないか!

走る。走る。走る。

クソッタレって気持ちで走る。コートの前がはだけ、裾《すそ》がバタバタと鳴っている。

バカヤロウって気持ちで走る。帽子《ぼうし》を右手で握《にぎ》り締《し》める。渡《わた》す相手のいないバトンみたいに。

チクショウって気持ちで走る。呼吸も鼓動《こどう》も足音も、一つの音の流れになる。

何も考えずに走る。そして、気が付いた時には、春日井を追い抜いていた。

どこへ行けばいいのか？　春日井はどこに行くつもりだったのか？　そんな疑問が頭をかすめたのも一瞬《いっしゅん》のことだ。

行くんだ、先へ。少しでも遠いところへ。いまよりも速く。走れ、走れ、走れ！

「──あんた、なんで──」

苦しげな息の隙間《すきま》から押《お》し出すような春日井の声。近付いてくる。

「あんた、なんで、走るんだよ」

肩が並んだ。そんなところまで走るのに使っているみたいに、真っ赤になって筋肉が浮《う》き上がって見える春日井の顔。

「なんで、なんで走るんだ」

「走れば、何か、判るかも、しれない。そう、思った、からさ」

答えたとたん、走っているという感覚がなくなる。まるで、前のほうに向かって落ちていくような感覚。高いところから落っこちる人間が手足をばたつかせるように、前に進むためよりも、それを止めるために手足を動かしているような錯覚《さっかく》。

「──それで、判ったのかよ、何かが？」

妙《みょう》に静かな声が、向こう側に行きかけていた精神を現実に引き戻す。春日井は、怒ったような表情で前を向いていた。しかし、それは、伴走する私立探偵を睨《にら》んでもいるようだった。

「──あんた、『陸上とわたし』って本を読んだことあるか？」

「ああ、読んだ。中途半端な、つまんない本だった」

この答えはまずかったかなと、ちらっと思う。だが、言葉の小細工をする余裕《よゆう》が残っていなかった。

「そうだよな、つまんない本だよな」

春日井が薄《うす》く笑っている。

「かおる兄ちゃん──親戚《しんせき》がくれたんだ、大学に入る時。僕《ぼく》は中三だった。俺が陸上を始めるきっかけになった本だからって、拓も読んでみろって言って僕にくれたんだ」

荒《あら》い息遣《いきづか》い、耳元で聞こえる脈動にもかかわらず、静かな春日井の声が明瞭《めいりょう》に聞こえる。

「無茶だよな。それまで陸上なんて体育の授業くらいしかやったことがなかったのに、かおる兄ちゃん、一念発起して、高校から陸上を始めたんだぜ？　もちろん、記録どころか、大会に出場することだって一度もできなかった。馬鹿《ばか》みたいだろ？　それなのに三年間、やめなかった。それどころか、大学に入っても続けてたんだぜ」

「だったら、何故、あんたも高校から急に陸上を始める気になったんだ？」

「一生懸命《けんめい》、あの本を読んだ。読んだけど、つまらなくて、くだらないって思った。だけど、兄ちゃんが打ち込んでるものには何かあると思いたかった」

「好き――尊敬してたんだな、あんた、そのかおる兄ちゃんを？」

「そうさ。将棋《しょうぎ》の指し方も、歴史小説の面白《おもしろ》さも、コンピュータも、英語の宿題だって、みんなみんな、かおる兄ちゃんが教えてくれたんだ。親父《おやじ》や兄貴が若年寄りって馬鹿にする僕を、かおる兄ちゃんだけは判ってくれた。それなのに、兄ちゃんは――」

僕を捨てて、陸上に走った――。

「大学一年次が終わると、海外でボランティア活動をするために、兄ちゃんは日本を離《はな》れた。ハガキを貰《もら》った。いまは子どもたちに陸上競技を教えているって。それっきりさ。それっきり手紙も電話もくれない――」

それが三月の終わりか、あるいは四月の初めのことなのだろう。

「陸上なんて、つまらなくて、くだらなくて、大っ嫌《きら》いさ。だけど、走れば何か判るかもしれない。兄ちゃんが見たもの、感じたもの、考えたものが判るかもしれない。だから僕は走った。走ったんだ。走るしかないじゃないか!」

春日井のスピードが上がる。何か、走ることで自分を解体しようとしているような無茶な走り方だ。まずい。

前方に、見覚えのある雑木林が見えてきた。うーむ。恐《おそ》ろしいことに、市街地を大きく一回りして、出発地点の公園に戻ってきたらしい。その認識が疲労《ひろう》を一気に増す。

いかん、いかん。いまは春日井だ。

白いランニングシャツの背中が雑木林を突っ切る。ちょっと待て。その先は——。

止めることもできず、春日井と二人、池の中へとワンツーフィニッシュを決めていた。

濡《ぬ》れた体をスポーツタオルで拭《ふ》く。怪我《けが》はない。風邪《かぜ》をひく心配をあまりしなくてもいいのが、不幸中の幸いだろうか。いや、池がもう少し深かったら、溺《おぼ》れていたかもしれないけれど。

「——一人で走ることの孤独《こどく》を教えたかったのかもしれない」

あちこちから、うんざりするほど水がしたたり落ちているのに、それでもコートを脱《ぬ》がないのは美学なんだろうか——。そんなことをちらっと思いながら、口を開く。

「一人で走っているように見えても、実は多くの人に支えられているってことを教えたかったのかもしれない。それとも、ただ純粋《じゅんすい》に陸上競技が面白いということを伝えたかっただけなのかもしれない。そんなこと、俺に判るもんか」

「あんたは——」

「だけどな、走ったら何か判るかもしれないから走ってるって俺が言った時、あんたは思っていることを俺にぶちまけた。俺のことを、自分と同じだと思ったからだ。——違《ちが》うか？」

春日井はこちらに背中を向けた。

「走ってったら、どこに行くのか。ほんとは、答えを判ってるんじゃないのか？　ただ、判ってることを認めたくないだけじゃないのか？　そんなふうに俺は思ったよ」

「あんた、いったい……？」

「真実を求めてコンクリートの荒野をさまよう、時代遅れの流浪《るろう》の騎士。——私立探偵。何か調べてほしいことがあったら——」

「校舎の西の端、北を向いた空き教室が事務所だから、いつでも来てね」

自己紹介《しょうかい》の最後を助手にさらわれて、ちょっとだけ孤独を感じた。


「——それで、どうして春日井は急に速くなったんだ？」

週が明けた月曜日、約束の日の放課後、小菅光男は、何の前置きもせず、いきなり核心《かくしん》に踏《ふ》み込んだ。

「君は、女性が急にきれいになったのを見たことがあるかい？　恋《こい》をすると女性はきれいになるけれど、それを実際に見たことがあるかな？」

「——なんだよ、春日井の奴《やつ》、女の前でいい格好をするために猛練習《もうれんしゅう》をしてるとでもいうのかよ？」

大きく息を吸い込む。まだ脇腹《わきばら》がずきずき痛む。立ち上がり、頭を下げる。

「ごめんなさい、ご依頼《いらい》の件ですが、結局、判りませんでした」

しらけた沈黙《ちんもく》に覆《おお》われた室内に、小菅の舌打ちが響《ひび》く。

「——ヘボ探偵」

簡潔な一言を吐《は》き捨てると、小菅は回れ右をして歩き出した。戸口のところで立ち止まり、こちらを振り返る。

「ヘボ探偵っていうのは正確じゃないよな。ただのハードボイルドごっこだよな？」

「これだけは断言する。春日井の向上に、やましいところは一つも見つけられなかった」

「ハードボイルドごっこの探偵じゃ、見つけるのは無理だろうさ」

ため息まじりに肩をすくめると、小菅は出ていった。

「——何もしないことが、お節介を焼くことになるときもあるんだね、探偵さん？」

そんな大袈裟《おおげさ》なもんじゃない。ちょっとした心境の変化、本人もうまく言い表せない心境の変化を、他人が判るように伝えることは難しいし、何よりも、それは許されないことなんじゃないかと思ったんだ。それだけさ。

「でも、いいの？　現代の騎士のプライドは、踏みにじられたんじゃないの？」

ノートパソコンの向こうから、丸いメガネフレームがこちらを見ている。

「——いいんだよ。男のプライドっていうのは、磨《みが》いて、磨いて、磨き抜いて、結局、墓《はか》の下に持っていくしかできないものなんだから。人に見せびらかすんじゃなくてね」

「探偵さんはトレンチコートを着てお墓に入るのね」

珍《めずら》しくため息などついて、由理奈はノートに戻る。こっちも負けずにため息ひとつ。

「調べてみたけど、結局、わからなかった——。今回の事件の整理は、簡単でいいな」

「それでも、収穫《しゅうかく》というか、教訓はあったじゃない？　探偵は、タフでなければ生きられない」

…………。君の口からその言葉を聞くとは思わなかったぞ、助手くん。

まだ筋肉痛の残る足を操って冷蔵庫のところまで行き、アイスキャンディを二本取り出し、一本を由理奈に渡す。

「あーあ。ただでアイスが食べられるのも、今日で最後か」

収穫はなくても、大きな出費はあったわけだよな、今回の件。

「——交換《こうかん》しよ」

由理奈は、半分ほどになった自分のイチゴ・ミルク・バーを強引に探偵に押し付け、代わりにメロン・ソーダ・バーを強奪《ごうだつ》すると、嬉《うれ》しそうに食べ始めた。

おい、年頃《としごろ》の女の子なら、ちょっとくらい気にしろよ、その、間接キスとか、さ……。

「当ったり！」

またか。でも、その権利って、こっちにあるんじゃないのか？

「——あれ、探偵さん、イチゴは嫌い？」

口に運ぶこともできずに見詰《みつ》めるだけだった探偵の手から、溶けかけたアイスキャンディが奪回《だっかい》される。

「やった！　ダブルで当たり！」

もはや、ため息をつく元気もない。

やっぱり、探偵は孤独だ……。

『主演女優と殴《なぐ》られ損』

「チェックメイト」

追《つ》い詰められた王様に、止《とど》めの宣告をする。

「王手と言わんかい、王手と」

負けた腹癒《はらい》せもあるのだろう。源さんは手持ちの駒《こま》を盤《ばん》にこぼしながら、勝負とは関係ないことに文句を言った。今月に入ってから九勝二敗。なかなかの好成績だ。

でも、実を言うと不満なんだよな。この仕事に必要だと思ったんで、チェスの勉強をした。ポーカーやブラックジャックは言うに及《およ》ばず、カードとダイスを必要とするゲームならひと通り自信がある。なのに、実際にその腕前《うでまえ》を披露《ひろう》するチャンスはまったくと言っていいほど存在しない。せいぜいが、放課後の用務員室で源さんの将棋《しょうぎ》の相手をするくらいだ。

「ほれ、戦利品代わりだ。持ってけ」

どこから取り出したのか、饅頭《まんじゅう》を五、六個、こちらの手に押《お》し付ける。

「ちょっと源さん、バーボンのつまみにはなりませんよ、甘《あま》いもんなんて」

「何を言っとる。どうせ何とかいう酒の瓶《びん》に入ってるのはウーロン茶だろが」

うっ。なんか、そういうところばかりやたらに有名になってるっていうのは、良くない傾向《けいこう》じゃないんだろうか。

「そうだ、これも持ってけ」

今度は栗《くり》蒸し羊羹《ようかん》丸一本。ああ、もしこれが金塊《きんかい》だったら、どんなに嬉《うれ》しいことだろう。いや、経済的な意味じゃなくて、雰囲気《ふんいき》の問題で。場所は高校の用務員室でも、剝《む》き出しの金塊がごろりと一本。絵になるというか、謎《なぞ》や犯罪《はんざい》の気配を感じさせると思うんだけどなあ……。

「おまえさん一人で食い切れんようなら、あのメガネのおチビちゃんと分ければいいだろ」

「はあ……」

どんなに眺《なが》めていても栗蒸し羊羹が金の延べ棒に変わらないのを確認してから、饅頭といっしょにアクアスキュータムのポケットに突《つ》っ込《こ》む。多少崩《くず》れたシルエットを意識しながら、用務員室を出て、校舎の西の端《はし》の探偵事務所に戻《もど》ることにした。

事務所では、小さく縛《しば》った髪《かみ》を両脇《りょうわき》に垂らした、色鮮《いろあざ》やかなセロファンにくるまれたキャンディを連想させる頭を傾《かたむ》けて、メガネのおチビ、いや、わが秘書が読書の最中だった。サイズは週刊誌ほどだけれど、表紙は水色一色。かといって、ふつうの単行本のようにも見えない。

ひょっとして、同人誌ってやつだろうか？

「なんだ、探偵《たんてい》さん、戻《もど》ってきたんだ？」

こちらの視線に気付いたのか、丸いメガネをかけた丸い顔がぱっとこちらを向く。あいかわらず「探偵さん」が「たんてーさん」にしか聞こえない発音だ。

「——もう一〇分早かったら、お客さんに会えたのに」

お客？　耳慣れない単語だな——。言いかけてやめる。皮肉の効いた言回しではあるけれど、自分に向けた皮肉としては、ちょっときついかもしれない。ただでさえ、お客に逃《に》げられたことで深く傷ついた胸に、自分の手で塩コショウまで擦《す》り込むことはないだろう。

「それで、無形文化財並《な》みに時代遅《おく》れの私立探偵事務所を訪ねてきた、絶滅危惧《ぜつめつきぐ》種並みに珍《めずら》しいお客さんのご用件は何だったのかな？」

「具体的なことは何にも。ただ、探偵さんにお願いしたいことがあるって言ってただけお願い——。単なる冷やかしとか見物客ではなかったわけだ。これまで堪《た》えなければならなかった、そしていまも堪えている無情の日々のことを思い、かすかに安心する。

「ちなみに、そのお客さんって、映研の部長さんね」

ほら、という感じで、由理奈はさっきまで読んでいた本をこちらに差し出した。受け取る。『凍《い》てついた都会《まち》』とタイトルが書いてある。その下に、「七篠高校映画研究会」の文字。映画のシナリオらしい。

「映画……映画か……」

込み上げてくる笑いを堪えるのに苦労する。映画の都、ショービジネスの世界、芸能界の裏側を活躍《かつやく》の場にしたことのない私立探偵がどれだけいるというのだろう。同業者のなかには、完全にその業界を縄張《なわば》りにして活動している奴《やつ》までいるくらいだ。

「映画界！　恋《こい》と冒険《ぼうけん》に彩《いろど》られたスクリーン。華《はな》やかなスポットライト。美男、美女、才能。拍手《はくしゅ》と賞賛の嵐《あらし》。オスカーの像。だが、数々の栄光の陰《かげ》に飛び交う札束《さつたば》。美貌《びぼう》の陰に秘められた醜悪《しゅうあく》なスキャンダル。栄誉《えいよ》の陰には傲慢《ごうまん》と嫉妬《しっと》と駆《か》け引きがうごめく。銀幕の裏側に渦巻《うずま》く愛と欲望。それでも俺《おれ》は負けない。虚飾《きょしょく》に秘められた真相を必ず暴き出してやる！」

「そして、映画化されてやるぅ！」

「そう、映画化！――違う！」

「はいはい、早く机から降りてね」

自分が合いの手を入れたことなど忘れたように、埃《ほこり》を払《はら》うような手つきをする由理奈に、机の上から降ろされる。ほとんど恒例《こうれい》行事のノリで、由理奈は机の上を雑巾《ぞうきん》で拭《ふ》き始めた。

いきなり手持ち無沙汰《ぶさた》になったので、手渡《てわた》されたシナリオのページをめくってみる。

「今年の学園祭用の新作か。――どんな話なんだい？」

「主役はね、探偵」

あっ、なんか、さっきまでとは別のうずうずしたものが胸に湧《わ》いてきた。よく見ると、「期待」って書いてあるみたいだ。いかんいかん。私立探偵はクールでなくちゃ。

「探偵ね。連続殺人の関係者一同を集めて、『さて、皆《みな》さん』なんて言う、あれだろ?」

目いっぱい渋《しぶ》く、皮肉っぽく言いたいんだけど、声に弾《はず》みが感じられちゃうのが情けない。

「そうじゃないわよ。うらぶれた事務所で、いつ来るとも知れない依頼人《いらいにん》を待ち続ける、生活は豊かでなくても、権力にも暴力にも誘惑《ゆうわく》にも屈《くっ》しない、クールでタフな、ハードボイルドタイプの私立探偵」

おいおい、それなら生きた見本が目の前にいるだろ? どうして一言「探偵さんみたいな探偵」って言えないんだよ、秘書のくせして。——あ、でも、言い回しとしてはマヌケか。

「なんかね、その映画の主役のことみたいだったよ。ハードボイルド映画を撮《と》るのに、主役のことでちょっと探偵さんにお願いが、って」

主役のことでちょっと探偵さんにお願いが——。綻《ほころ》びかけた頬《ほ》っぺたを、意志の力を総動員して引き締《し》める。ついでにトレンチコートの襟元《えりもと》も整える。

「ふっ、困ったな。俺の得意分野は人生の裏街道のドブさらいで、芝居《しばい》なんかできないぞ」

「どうして、それで困るの?」

「それに、撮影《さつえい》の間、本業のほうをどうする? 事務所を閉めっ放しってわけにもいかないだろうし」

「大丈夫《だいじょうぶ》でしょ、いまだって開店休業みたいなもんなんだから」

「――秘書くん……」

「あたしは助手ですってば」

掃除《そうじ》を終えた由理奈は、雑巾をロッカーにしまい、ノートの入った鞄《かばん》を手に事務所を出た。

戸口のところで立ち止まり、振《ふ》り向く。

「よかったら、明日の放課後、都合のいい時間に部室に来てくれって言ってたわ、部長さん」

「オーディショ……」

「何？」

「何でもない」

「案外、撮影用の衣装《いしょう》として、トレンチコートを貸してくれ、なんてお願いだったりして」

勝手に膨《ふく》らみかけていた「期待」というラベルを貼《は》られた何かが、ちょっと萎《しぼ》む。

「まさかな。――そうだ、源さんから」

立て続けに投げた饅頭三つと栗蒸し羊羹を、由理奈は器用にキャッチし、鞄に詰め込んだ。

そして、バイバイと手を振ると、そそくさと姿を消した。

とりあえずシナリオを読んで、明日に備えることにする。わざわざこんなものを置いていったということは、明日までに読んでおけという無言の意思表示だと考えても、それほど無理はないだろう。でも、ほんとうにコートのレンタル依頼だったらどうしよう。

窓の下には薄汚《うすよご》れた灰色の都会。ここが俺の荒野《こうや》。ここが俺の戦場だ——。

シナリオは、主役の私立探偵のそんなモノローグから始まっていた。筋立ては、別段飛び抜《ぬ》けたものではない。いや、公平に見て、平凡《へいぼん》のやや下ってところだろう。うらぶれた探偵事務所に、失踪《しっそう》した社長令嬢《れいじょう》を見つけ出してほしいという依頼が来る。主人公の探偵が彼女《かのじょ》を追いかけるうちに、現代社会に秘められた腐敗《ふはい》の構図が浮《う》かび上がってくるという、もうこれで何万回目、何億回目だというハードボイルドのお約束《やくそく》、いや、化石パターンだ。

ただ、シナリオを書いた人間の狙《ねら》いは、ストーリーを語ることにはないようで、ハードボイルドな雰囲気って言うか、そういうものを感じさせることに気を使っているようだ。基本的には陽気で快活だけれど、失踪した姉に対して複雑な感情をもっている妹娘《いもうとむすめ》が出てくる。肩書《かたが》きは社長秘書だが、企業活動のダーティな面に手を染めている、影《かげ》に彩られた女が出てくる。そう、ヒロイン二本立て。酒で身を持ち崩《くず》した元ボクサーの用心棒や、何かというとすぐナイフを抜くチンピラと渡り合う。社長の甥《おい》である知性派の美青年（すべての黒幕であることは言うまでもない）とビリヤードで対決する場面もある。もちろん、要所要所はサビの利いた警句で締めている。ちなみに主人公は、作中では「探偵」としか呼ばれない。映像だからできることなんだろうけど、自己紹介《しょうかい》の時も、こういう者ですと名刺《めいし》を差し出すだけで、固有名詞を名乗ることも、呼ばれることもない。そうかあ、名乗らなくていいんだよなあ、羨《うらや》ましい……。

いや、それはともかく、かなりカッコイイ内容じゃないだろうか、これ——。

それが、昨日の放課後、コーヒーを飲みつつ饅頭を頬張りながらシナリオを読破した後の、正直な感想だった。

そして、今週も今日で終わりという日の放課後。授業終了《しゅうりょう》と同時に、キャンディ頭を振りながら、由理奈が事務所に飛び込んできた。

「間に合った……。行くんでしょ、映研の部室?」

何を期待してるんだか、声は弾んでるし、お目々なんかキラキラしちゃって。

「行かなきゃならないだろうな。騎士《きし》は荒野を目指す。戦士は戦場を目指す。くすんだ灰色の校舎。ここが俺の荒野。ここが俺の戦場だ——」

アクアスキュータムの襟《えり》を立て、帽子《ぼうし》の角度を調整しながら応《こた》える。さすがに秘書の手前、手帳の表紙の鏡で表情の確認をすることは避《さ》けるが。もう、気分はハードボイルド……って、いや、断じて気分だけの問題じゃないぞ。もともとクールでタフな男なんだし、私立探偵は生き方の問題なんだから。

「それで思い出したけど、昨日のシナリオ読んだ? ダッサイわよねえ」

はい？　ダッサイ？　それは、いわゆる「ダサイ」の強調ですか？　少しだけ気が遠くなる。

男の美学について考えかけた私立探偵を尻目《しりめ》に、秘書は、シナリオの表紙をめくった。

「ほらほら、ダッサイわよねえ、一行目からこれだもん」

秘書が指差したところには、「都会」という文字に「まち」と振り仮名が振ってあった。

「それから、これでしょ」

ページをめくって、また指差す。「女」という字に「ひと」と振ってある。「理由」と書いて「わけ」とか、「別離《べつり》」と書いて「わかれ」とか、似たような表現はここかしこに見られた。

「――これで、『強敵』って書いて『とも』って読むのまであったら、コンプリートだな」

「そうそう。『完璧《かんぺき》』と書いて『コンプリート』と読む」

キャンディの包み紙の両端《りようはし》を振って、由理奈がうなずく。

「――参考までに聞きたいんだけどな、秘書くん、これって、ダサイのかい？」

昨日読んだ時は、雰囲気《ふんいき》出しに一役買っていると思ってたんだけど――。丸いメガネフレームの奥《おく》で丸い目をぐっと細くしてから、由理奈はいかにも呆《あき》れたという声を出した。

「だって、これ、映画のシナリオよ。『都会』って書いても、『商店街』の『街』って書いても、『城下町』の『町』って書いても、映画のなかじゃ『まち』って発音は一緒でしょ？　それをわざわざ『都会』と書くあたりに、作者のダサダサなセンスが見え隠《かく》れするって気がしない？　『女』と書いて『ひと』と読むなんて、演歌の世界だしさ」

そ……そういうもんかな……。ハードボイルドって、要は西洋ナニワ節だろって解釈《かいしゃく》もあるって畑沢先生が言ってたことをちらっと思い出す。だとすると、「強敵」と書いて「とも」と読むのは、何の世界なんだろう。

まだシナリオのページをめくって〝ダサダサ〟なポイントにチェックを入れている由理奈に背中を向けるようにして手帳を出し、「都会と書いて〝まち〟と読むのはダサイ」とメモしておく。類例として、「女」や「強敵」についても書いておく。ついでに、手帳の表紙の裏側の鏡を見て、手早く髪《かみ》の毛を整える。そして、目いっぱい渋い声で言ってみる。――都会《まち》。

「何やってんの？　映研の部室に行くんでしょ、探偵さん」

帽子の角度を直して、手帳を内ポケットにしまう。何故《なぜ》かやる気満々といった雰囲気で、シナリオを胸に抱《かか》えて歩き出した由理奈の後に従う。キャンディ頭の女《ひと》――。ため息ひとつ。

映研の部室は、一階の東端にある。視聴覚室の近くというわけでもなく、隣《となり》は理科実験室だ。名前は映画研究会だけれど、最近はビデオ撮《ど》り作品が中心で、フィルムの現像やらということはあまり関係がないそうだ。部長の竹井《たけい》明文《あきふみ》以下、部員は二三名。竹井部長が監督《かんとく》で、去年、すでに一本撮って、文化祭に出品している。やはり映研もホームページをもっていて、そこでは、予告編風に編集されたこれまでの作品のさわりを見ることもできる——。このへんは、ノートパソコンを常時携帯《けいたい》し、デジカメによる隠し撮りという特技をもつ由理奈による情報だ。

「ねえ、映研って、映画研究会の略でしょ?」

「あるいは映画研究同好会、かな」

「どうして〝映画研究部〟とか〝映画部〟っていうのはないのかな? 略して——」

「〝映部〟? そういえば、聞いたことがないな……。それがどうかしたのか、秘書くん?」

「別に、ちょっと思ってみただけ。それより、あたしのこと、秘書って呼ばないでよね」

なんでかな。カッコイイのに、秘書って響《ひび》きは。ちなみに、映画の私立探偵には秘書も助手も少年探偵団《たんていだん》もいない。彼《かれ》が仕事以外で会話をする相手といえば、行き付けのバーの無愛想《ぶあいそう》なバーテンダーだけだ(客商売なんだから、ほんとうは無愛想じゃいけないし、お客に合わせた会話の一つもできないバーテンさんは二流なんですけどね、お客を怒鳴《どな》る寿司《すし》職人同様に。怒鳴られてニヤニヤしながら、俺って通、なんて思い込む馬鹿《ばか》なお客もいけないんだけど。ただ、ハードボイルド映画の場合、無愛想なほうが〝らしい〟っていうのはあるかもしれない)。

「せめて校舎内では帽子を取るくらいの常識はわきまえなさい、二年B組・山田太一郎くん」

何かで囓《かじ》った蘊蓄《うんちく》に浸《ひた》りかけていた大脳を、クールな声が現実に引き戻《もど》した。わが天敵——風紀委員長・成田美樹……にしては、ちょっと声が遠いような。

由理奈のほうを見下ろす。いや、別にでっかい態度をとっているわけじゃない。一八三センチの身長から、女子としても小柄《こがら》な由理奈を見ようと思えば、どうしたって高低差に基づく偏《かたよ》った姿勢にならざるを得ないんだ。由理奈も、キャンディ頭を傾《かし》げながら、こっちを見上げていたが、すぐに右手で前方を指差した。

迂闊《うかつ》に触《さわ》ったら指先が切れちゃうんじゃないかというくらいしっかりとプリーツのついたスカート。紺《こん》と白の対比が目に痛いほど清潔感あふれるセーラー服を着たセミロングの少女が、腰《こし》に両手を当て、真っ白なソックスを履《は》いた足をちょうど肩幅《かたはば》くらいに広げ、マンガだったら〝ギラッ〟とでも描《か》き文字の擬音《ぎおん》が入りそうな感じで、縁《ふち》なし眼鏡の奥から鋭《するど》い視線を飛ばしている。間違《まちが》いない。成田美樹だ。

それで、視線を飛ばされているほうは、と見てみると、そこには――。少しラフな感じで着ているトレンチコート。頭に乗せたソフト帽もコート同様、お行儀《ぎょうぎ》よく鎮座《ちんざ》しているわけではなく、なんとも粋《いき》な角度に傾いていた。そして、男子高校生の平均を上回るだろう長身。吹《ふ》く風にしだいに秋の気配が濃《こ》くなる今日この頃《ごろ》にシーズンの到来《とうらい》を感じた冬物衣料のセールスマンでなければ、あんな格好をしているのは私立探偵しかいない。そして、ここ、七篠高校で私立探偵を開業している人間といえば――。あれ？

「失礼しました」

ちょっとした混乱を感じている間に、謎《なぞ》の私立探偵は、片手で帽子を取り、それを胸の前に持っていくという気障《きざ》な仕種《しぐさ》で美樹に一礼した。

「——山田くんじゃなかったの？」

こちらが感じた疑問を、風紀委員長が代わって口にしてくれる。

「一年D組のオオトリといいます。これは映画研究会の撮影用の衣装《いしょう》なので、運動部のユニフォーム等と同様なものとして了承《りょうしょう》してください」

なかなかのハンサム。それだけなら、一八〇前後の身長と組み合わせるには不適当だと感じられたかもしれない。しかし、浅黒い肌《はだ》の色が与《あた》えるちょっとワイルドな印象によって、体格と釣《つ》り合っている感じだ。けっして筋肉質ではないんだろうけど、荒《あら》っぽいことにも尻込《しりご》みしないだろうなという印象が、物事に動じないクールさやニヒルさまで連想させる。

「カッコイイ」

ついさっきまで「ダッサイ」などという言葉を発していた探偵秘書は、〝うっとり〟以外の修飾語《しゅうしょくご》を付けられそうにないような声を漏《も》らした。もちろん、手にはデジカメ——。

例えばここに一杯《ぱい》のラーメン、いや、マティーニがあったとしよう。飲む。美味《うま》い。だが、その「美味い」という評価は、横丁のラーメン屋、いや、これまで別の店で飲んだ別のバーテンダーの手によるマティーニとの比較《ひかく》においてなされたものだろうか。必ずしも、そうではな

いだろう。純粋に、いま、ここで飲んだこのマティーニが美味い――。そういうことだって少なくはないはずだ。

ならば、トレンチコートを着てソフト帽を被《かぶ》った長身のある人物に対する「カッコイイ」という評価だって、同じような格好をした別の人物との比較においてなされたとは限らないだろう。そう、一年D組のオオトリくんがカッコイイということは、それに比べて同じ格好をした別の誰《だれ》かがカッコ悪い、ダッサイ、ダサダサ、という意味ではない――と思うんだけど、そこんとこどうなんでしょう、小林さん？

私立探偵が、男の美学およびライバルといったことに考えを巡《めぐ》らせている間に、風紀委員長とオオトリくんはこちらに気付いたようだ。

「山田さん、ですね。私立探偵の？」

「山田太一郎くんは、七篠高校二年B組の、れっきとした学生です」

風紀委員長の冷ややかな突《つ》っ込みが耳に入っていないのか、オオトリくんは大股《おおまた》でこちらに近付いてくると、軽く会釈して言った。二流のバーテン並《な》みの無愛想さでうなずくのが、自分でもちょっと情けない。

「部長が待っていると思います。部室のほうへ、どうぞ」

「映画の主役をやってくれなんて話じゃないみたいね」

キャンディ頭を傾《かたむ》けながら助手が言う。なんだよ、昨日は全然、そんなことは言わなかったくせに――。いや、本物の私立探偵が、高校生の自主制作映画に私立探偵役で出演なんてするわけないじゃないか、ばかばかしい。ニヒルな笑いを浮かべながら、ちょっと寂《さび》しい気持ちがしちゃうのはなぜなんだろう。――キメになってるセリフのいくつかは暗記したのに。

「撮影用にトレンチコートを貸してくれなんて依頼でもないみたいだぜ」

ちょっと負け惜《お》しみくさいかもしれないけれど、先を行くオオトリくんの背中を顎《あご》で指す。しゃきっと伸《の》びた背筋。肩幅はやや狭《せま》い印象があるが、すっきりと着こなしている。ひょっとしたら、パットが入っているのかもしれない。風紀委員長のお叱《しか》りを気にしたわけでもないんだろうけど、帽子は被らずに、右手の指先でクルクル回している。ちょっと軽薄《けいはく》な仕種なんだけど、これがまた決まっている。

負けないぞ、こっちのほうが上手《うま》い、なんならやって見せようか、という気持ちが湧《わ》いてきたのを押《お》さえつける。向こうは撮影用の扮装《ふんそう》をした役者さん、こちらは本物の私立探偵なわけだし、目指す路線も若干違《ちが》うようだから、対抗《たいこう》意欲を燃やしたって、しょうがないだろうし。

「ところで探偵さん、どうして帽子を脱《ぬ》いじゃってるわけ？」

由理奈に指摘《してき》されて、初めて自分が帽子を脱いで手に持っていることに気付く。

「さあ、どうしてかな？」

別にそんなことは重要じゃないんですよ——。指先で玩《もてあそ》んでから、くるりと一回転させて頭の上に乗せる。——失敗。ちょっとみっともない格好で、落ちる帽子を受け止めると、今度はふつうに被り直した。

「やっぱり、さっきの成田委員長の声に反応しちゃったわけ？」

ど……どうかな。自分でも帽子を脱いだ時のことは覚えてなかったりして……。

「恐《こわ》いもんね、成田委員長。——せめて校舎内では帽子を取るくらいの常識はわきまえなさい、二年B組・山田太一郎くん！」

日頃はオレンジ色を連想させるキャンディ・ボイスなのに、何故《なぜ》かクールな風紀委員長の物《もの》真似《まね》だけは抜群《ばつぐん》にうまいのだ、この小林由理奈は。

「でも、あの声で叱られてみたいなんて男子もけっこう多いのよね、実は」

そんな物好きがいるなら、美樹に叱られる権利は熨斗《のし》つけて進呈《しんてい》してやる。いや、それでも判らないだろうな、美樹の言葉のほんとうの破壊力《はかいりょく》なんていうのは。

「叱られてみたい、か。軟弱《なんじゃく》になったもんだな、最近の坊《ぼう》やたちは」

「そう言う探偵さんはどうなの？　委員長が恐いんじゃないとしたら、実は成田さんにだけ素直なんだったりして？」

あ、痛い、痛い。そういう言い方をされると、胸の奥《おく》が痛い！

「部長、山田さんです、私立探偵の」

ノックをし、声をかけ、返事を待たずにオオトリくんは部室のドアを開けた。

「間と言うか、タイミングと言うか、どうしてあんなにカッコイイのかなあ？　ポーズも決まってるし……」

ノックする格好を真似ながら、由理奈がつぶやく。そう、一見、無雑作な身のこなしなのに、下手《へた》に演出した決めポーズよりずっと惹《ひ》きつけられる。こんな一年生が入ってきたら、主役に据《す》えて映画を撮りたくなるのも判らないではない。

「どうぞ、どうぞ」

部屋の奥から妙《みょう》に明るい声がする。その声に合わせるように奥へどうぞと手で示すオオトリくんのポーズがまた……。

「——探偵は、孤独《こどく》だ……」

思わずつぶやきが漏《も》れている。

「カッコいいセリフですね。——探偵は、孤独だ……」

キャリアは演技力の埋合《うめあわ》せにはならないのだろうか。私立探偵を開業して以来、毎日のように口にしてきた言葉も、オオトリくんのほうが上手かった。

「駄目《だめ》よ、オオトリくん。そのセリフは、探偵さんが使い過ぎて、手垢《てあか》まみれなんだから」

探偵は、孤独だ……。今度は胸の奥でつぶやく。誰にも聞かれないように、そっと。


「どうもどうも、部長の竹井です、よろしく」

映研の部長は、コロンコロンした体形の、メガネをかけた男だった。声同様、表情も体の動きも妙に明るく弾《はず》んでいる。廊下《ろうか》でばったり出会った時には、「よう、よう、よう、誰かと思えば山田ちゃんじゃないの。どう、元気？」とか何とか声をかけてきそうなノリ。名刺《めいし》を差し出すとか、握手《あくしゅ》をするとかしないのが不思議なくらいだ。

「ああ、ありがとう、わざわざ持ってきてくれたんだ？」

竹井部長は、由理奈のほうに目を止めると、礼を言って手を差し出した。

「悪いね、昨日、事務所に行った時に忘れてきちゃったんだよね」

頭を掻《か》きながら言う部長に、由理奈は胸に抱《かか》えていたシナリオを渡した。なるほど、忘れ物ね。つまり、読んでおく必要はなかったってことだ。主演はもちろんのこと、本職の立場からのスーパーバイズなんてこともないわけだな。

希望と裏切りということについて、少しだけ考えてみる。

「それで、部長さん、うちの探偵さんに何かお願いがあるって言ってましたけど？」

わが助手は、常に果てしなく元気だった。

「いや、実はトレンチコートを貸してくれないかなあ、なんて思ったりして」

ギャグマンガの主人公ではないので、いきなり起こった爆発《ばくはつ》に巻き込まれたり、顔面から床《ゆか》に着地するようなことはしなかった。だけど、ああ、風が背骨を吹き抜けていく音が聞こえるような気がする。探偵は、果てしなく孤独だ……。

「でも、どうして？ オオトリくんはコート着てるじゃないですか」

探偵が風の冷たさを嚙《か》み締《し》めている間に、元気な探偵助手は根本的な疑問を口にした。もっとも、それが吹きつける風をやわらげる役に立ってくれるとは思えないけれど。

「いいんですよ、部長。まだちょっと臭《にお》いますけど、我慢《がまん》できないほどじゃないですから」

言いながら、オオトリくんはトレンチコートの前を開いた。撮影用ということか、下は七篠高校の制服ではなく、それらしいスーツになっている。そして、コートの裏地は暗い赤に染められていた。

「これは――」

さっきまで寒風に背骨を震《ふる》わせていたことも忘れて、オオトリくんに歩み寄り、コートの裾《すそ》を持ち上げる。探偵の本能だ。生《なま》ぐさい鉄の臭《にお》い――ではなく、揮発性の薬品の臭いがする。

「ペンキ、ですよね？」

オオトリくんの問いかけにうなずく。

「これはまた、妙なところにペンキをこぼしたもんだな」

「こぼしたんじゃなくて、塗《ぬ》ったみたいよ、ほら」

裾の端《はし》を指差し、デジカメを構えながら由理奈が言う。赤い染みの端は、奇妙なかすれ方をしている。確かに、液体がこぼれた痕《あと》というより、ペンキを塗った刷毛《はけ》の痕のように見える。

「昨日、部室に来たら、コートにペンキが塗ってあって、メモが張り付いてたんですよ。映画の制作を中止しないと、次はこのペンキが人の血になるぞって」

「つまり脅迫《きょうはく》ってわけだ」

いかん。脅迫を喜んではいかん。いきなり綻《ほころ》びそうになる頬《ほ》っぺたを引き締め、なるべく渋《しぶ》い声で言う。映画制作中止を要求する脅迫状。そして、そのデコレーションとして赤く染められた主役用の衣装。次は人の血で衣装が染まることになる——。これだ！　求めていたのはこれだ！

「だから、もし、よかったら、コートを貸してもらえると助かっちゃったりするなあなんて思って、昨日、事務所のほうにお願いに行ったってわけなんだけど」

部長があいかわらず明るい表情と声で言う。……ちょっと待ってくださいよ。何かズレてるって言うか、違っちゃいませんか？

「たぶん、大丈夫《だいじょうぶ》だと思いますよ。湿疹《しっしん》とか、かぶれとか、出てませんから。あたし、皮膚《ひふ》は丈夫なんですよ、面の皮も厚いし」

「でも、オオトリくん、目が充血しているけど……」

「ああ、あれだ、これなら落ちるんじゃないかって、ベンジンでこすったじゃない？」

「ベンジンって、目じゃなくて鼻に来るんじゃなかったっけ？　頭に来るのはシンナー？」

あたし……？　オオトリくん……？　シンナー……？　何か混乱している。

「ちょっと待ってくれ。時代遅《おく》れの流浪《るろう》の騎士《きし》にも判るように状況《じょうきょう》を整理してもらいたいな。ここは映画の世界、レンズの向こうとこちら、スクリーンの表と裏、筋書きと演技、ただでさえ、現実と虚構《きょこう》の入り乱れた世界なんだから」

「すげェ、マジであんなセリフが出るんだぜ」「しかも、アドリブよ」「ちょっとパターン」

「恥《は》ずかしがらずにあんなセリフが言えるなんて、信じられない」……。室内の空気が重苦しくなる。由理奈が肩《かた》をすくめているのを視界の隅《すみ》に捉《とら》える。だが、せっかく足掛《あしが》かりを得た孤高の現代の騎士としては、ここで止まってしまうわけにはいかない。前進あるのみ。

「まず、昨日、部室で脅迫状が発見された。その脅迫状は、映画の制作中止を求めていた。そしてトレンチコートにペンキを塗り、要求に従わない場合は犠牲者《ぎせいしゃ》が出ることを暗示していた――。ここまでは間違いないな？」

「そう。それで、代わりのコートを貸してもらうために、山田ちゃんの事務所に行ったわけ。だけど山田ちゃん、お留守《るす》だったんで、今日の都合のいい時間に部室に来てくれないかなあって、小林ちゃんにお願いしたわけなんだけど……」

「だから、ちょっと待て。——脅迫状だろ？」

初対面の人間指して〝山田ちゃん〟はないだろ、コラ！

「変なイタズラをする奴《やつ》がいるもんだよね。笑っちゃったよ、これじゃまるでハードボイルドの映画だって」

「だから、あんたたちはハードボイルドの映画を撮《と》ってるんだろが！」

「いや、映画に脅迫状は出てこないよ。行方《ゆくえ》不明の女はいるけど」

「そういう問題じゃなくて、代わりのコートを調達するより先に考えることがあるだろう？」

「クリーニングじゃ落ちないんだって、ペンキは。ベンジンでこすっても落ちなかったし」

「ちっがーう！　断じて違う！」

思わず両手で机をぶっ叩《たた》いている。

「いや、山田ちゃんに調査を頼《たの》むようなことじゃなくて悪いけど、言っちゃえば、たかだか高校の映研の文化祭用のビデオ作品じゃない？　本気で脅迫して撮影を中止させようなんて考える奴がいるわけないじゃん」

「いや、そうとも限らないぜ」

一同の視線が集まったのを感じて、おもむろに推理（喜べ、助手くん！）を述べる。

「まず、主役の座を下ろされた女優が、主演女優に恨《うら》みを抱《いだ》いている可能性がある」

「それから？」

「主役の座を下ろされた女優が、自分を主役に抜擢《ばってき》しなかった監督《かんとく》に恨みを抱いている可能性もある」

「……それから？」

「主役の座を下ろされた女優が、自分を主役に抜擢しなかった監督に抗議《こうぎ》しなかった相手役の俳優に恨みを抱いている可能性だな」

「……………それから？」

「主役の座を下ろされた女優が、自分を主役に抜擢しなかった監督を放っておいたプロデューサーに恨みを抱いている可能性も考えてみる必要がある」

「…………………それから？」

「主役の座を下ろされた女優が、自分を主役に抜擢しなかったプロデューサーに恨みを抱いている可能性も疑ってみるべきだろう」

「…………………………それから？」

「主役の座を下ろされた女優が、自分を主役に抜擢しなかった監督を放っておいたスポンサーに恨みを抱いている可能性も忘れてはいけない」

「…………それから？」

主演女優、相手俳優、監督、プロデューサー、スポンサー。あと、他に何があったっけ？頭のなかに「順列・組合わせ」という言葉が浮《う》かぶ。気が付くと、指を折って勘定《かんじょう》しているのが自分でも情けない。

その時、ある考えが、閃光《せんこう》のごとく脳裏を横切った。思わずポンと膝《ひざ》を叩きかけた手を、かろうじて止める。

「主役の座を下ろされた女優のファンが、主演女優に恨みを抱いている可能性がある」

「次に考えられるのは、主役の座を下ろされた女優のファンが、彼女を主役に抜擢しなかった監督に恨みを抱いている可能性？」

それまで合いの手を入れていた由理奈が、冷たい声で言う。

「おーい、主演女優としてはどう思う？」

竹井部長が声をかける。

「そうですね、他の人では演じにくいキャラクターを主人公にしてシナリオを書いたライターが恨まれてる可能性っていうのはどうですか？」

「おい、そりゃ俺《おれ》のことじゃないの」

部長の返事に部室をどっと笑いが満たす。ちょっと待て。主演女優って？

「あれ、自己紹介《しょうかい》してませんでしたっけ？　一年D組のオオトリ・ミランといいます」

オオトリ……ミラン……？

「そのイタリア系の名前は……裏で糸を引いているのはマフィアか？」

ショービジネス界の支配権を握《にぎ》ろうとしているマフィアの暗躍《あんやく》について検討する余裕《よゆう》もなく、由理奈に引きずられるようにして事務所に戻《もど》る。

「東西冷戦が終わってこの方、エンターテインメントの世界も、悪役探しに大変なんだって」

「そうかい？」

番号で呼ばれる男が美女のお相手の合間に世界の危機を救う業界には縁《えん》がない。

「南米の麻薬《まやく》カルテルもイスラム原理主義者も長持ちしなかったし。あとは、日本ではあまりお目にかからない過激な環境保護団体とか」

「蛇頭《じゃとう》とか、黒社会のほうがまだ日本人に馴染《なじ》みがあるかな」

「それで、七篠高校にマフィアね……」

いちおうは話題を合わせてみたんだけれど、こちらを見る由理奈の目の〝白眼比率〟は一向に低下してくれなかった。

「ああ、何だ、コーヒー飲まない、コーヒー？　美味《うま》いコーヒー飲むと、厭《いや》なことも吹《ふ》っ飛んじゃうからさ」

この事務所を開いてから今年で二年目、小林由理奈が押《お》し掛け助手になってかれこれ半年は経過しているが、彼女がコーヒーを淹《い》れてくれた回数と、彼女にコーヒーを淹れてやった回数を比較《ひかく》すると、後者が圧倒《あっとう》的に多いような気がする。いや、クールでニヒルな私立探偵としては、そんなことにこだわったりはしないんだけど。

「——ほい、一年D組、出席番号三番、鳳美蘭《おおとりみらん》さん」

コーヒーで少しは機嫌《きげん》を直してくれたのか、由理奈はノートパソコンに収められている最新データ付きの学生名簿《めいぼ》で主演女優のプロフィールを呼び出してくれた。春の身体測定時のデータによれば、身長は一七九・五センチ。どうしてバレー部やバスケ部は、この逸材《いつざい》を放っておいたんだろう。

「外見がカッコイイだけじゃなくて、名前まで現実離《ばな》れした人がいるのね」

デジカメのデータを移しながら、由理奈が言う。

「きっと、親が劇団関係者なんだろう」

「自営業となってるけど」

「劇団を自営している、とかさ……」

同じ私立探偵といっても、営業品目の違う連中の真似事《まねごと》をするからこういうことになる。

それにしても、いつの間に、こんなに鳳くんの写真を撮ったんだ？　鳳くんファンクラブのホームページでも立ち上げるつもりか？

「しかし、残念だったな、秘書くん。カッコイイ鳳くんがよりによって女性でさ」

あ、なんかまた八つ当たりしているような気が——。

「別に、あたし、気にしないもん」

おい、ちょっと、それはどういう意味だ？

「あんなにカッコイイのに脛毛《すねげ》生えてたりしたら、厭じゃない？　やっぱり、普通《ふつう》の男じゃや、あそこまで完璧《かんぺき》にカッコよくはならないわよねえ」

普通の男のカッコ良さには限界が？　では、普通のタフでクールでニヒルな私立探偵は？

「それで、探偵さん、やっぱり今度のこれも事件にしちゃうんでしょ？」

あのなあ、そういう言い方をされると、まるで何でもないことを引っ掻《か》き回して大騒動《おおそうどう》にしているみたいじゃないか。それに、脅迫は脅迫だぜ？

「考えてみたんだけど、例の脅迫状の送り主、映研の部長さんはああいうふうに言ってたけど、イタズラにしちゃ、ちょっと手が込《こ》んでるじゃない？」

「わざわざ部室に忍《しの》び込んで、トレンチコートの裏地にペンキを塗りたくったわけだからな」

「そうそう」

頭の両脇《りょうわき》で髪《かみ》の毛の房《ふさ》を跳《は》ねさせながら由理奈がうなずく。

「だから、動機の面から犯人を割り出せないかな？　とりあえず、主役の座を下ろされた女優とその周辺のことは忘れてね。——さあ、推理する」

ビシッと指差す。まったく。探偵に推理を強要する探偵秘書なんて、他にいないぜ。

「そうだ。あのシナリオの内容に問題があるっていうのはどうだ？　例えば現実の事件に題材をとっていたりしたら、犯人や関係者は、フィルムとして上映されたくはないだろう？」

「企業経営者の政界工作の話でしょ？　ちょっとスケールが合わないんじゃない？」

「実はシナリオが盗作《とうさく》で、フィルムになって上映されると、そのことがバレてしまうっていうのはどうだ？」

「盗作が真相だった事件もあったわねえ。でも、あのシナリオを書いたのは、監督《かんとく》も兼任してる竹井部長自身でしょ？　フィルムになって困るようなシナリオを部長みずからが書くかなあ？　まあ、〆切《しめきり》に追い詰《つ》められたとかっていう場合は判んないけど」

な……なかなか厳しい指摘《してき》をするじゃないか、秘書くん。

「それじゃあ、こういうのはどうだ？　ロケで使おうとしている廃屋《はいおく》とか解体寸前のビルに、実は盗《ぬす》んだ宝石とか、殺人事件の凶器《きょうき》とか死体が隠してあった。これは、何としても映画制作を中止させたくなるんじゃないのか?」

多少は興味を覚えてくれたのか、由理奈はノートに開いたメモ帳に何か書き込んだ。

「――でも、今まで出てきた可能性って、シナリオの内容を知っている人間じゃなきゃやらないことばっかりよね」

「シナリオの内容を知っているのは、映研の部員を別にすると……文化祭実行委員会か」

ひらめくことがある。

「そう、文化祭実行委員こそがこの事件の黒幕だ。文化祭予算の使込み、不正経理、二重帳簿《ちょうぼ》。映研が偶然《ぐうぜん》ロケ現場に選んだ旧校舎のロッカーには、汚職《おしょく》の物的証拠《しょうこ》が隠されていた。このままでは自分たちの汚職が発覚してしまう。慌《あわ》てふためいた汚職実行委員たちは卑劣《ひれつ》な脅迫に乗り出した! だが、俺は負けない。権力の妨害《ぼうがい》をものともせず、必ずや真相を白日の下に暴き出してやる!」

「ちょっと、コーヒーこぼれちゃうじゃない。パソコン踏《ふ》まないで。机の上から降りなさいってば」

コーヒーカップとノートパソコンと、どちらを優先的に避難《ひなん》させたものかにわかに判断がつきかねたのだろう、珍《めずら》しく由理奈は机の前でうろうろするだけだった。

「——という推理はどうかな、秘書くん？」

振《ふ》り向きざま、ビシッと人差し指を突きつけながら言う。

片手にコーヒーの入ったカップ、片手にノートを持ってバンザイをしたような格好で立ち尽《つ》くしていた由理奈は、丸いメガネフレームの奥から三角になった目でこちらを見ていた。

「学校の怪談《かいだん》じゃあるまいし、何よ、旧校舎のロッカーって！　それに、証拠物件なんてものがあれば、別の場所に移せばいいだけのことだし、だいたい、自分たちに都合の悪いシナリオだったら、申請《しんせい》を拒否《きょひ》すればそれで済むだけのことでしょ！　脳ミソは生きてるうちに使ってよね、探偵さん！」

人差し指を突きつけているわけじゃないのに、ビシッビシッと音がしたような気がした。何もそこまで言わなくても……。

すごすごと机を降り、ロッカーから雑巾《ぞうきん》を持ってきて、踏んだところを拭《ふ》く。

掃除《そうじ》が終わると、由理奈はおもむろにノートとコーヒーカップを机の上に置き、自分も腰《こし》を下ろした。まだ目は三角だ。

「あの……コーヒーのおかわりなんかいかがでしょうか、小林さん？」

黙《だま》って突き出されたカップにコーヒーを注《つ》ぐ。ああ、探偵って、なんて孤独なんだろう……。

「――ところで、探偵さん。あの脅迫状の送り主って、本気なのかな？」

三杯目《ばいめ》のブラック・コーヒーでようやく機嫌《きげん》を直したのか、由理奈が口を開いた。

「本気って、どういうことだい？」

「うん。あたしが映画の制作を本気で中止させようと思ったら、人に怪我《けが》をさせたりするのはとりあえずナシとしても、まず、カメラをぶっ壊《こわ》すとか盗むとかしちゃうけどな」

「いつもデジカメを携帯《けいたい》している君らしい発想だよ。しかし、死人や怪我人を出さない最も効果的な妨害となると、そのへんに行き着くだろうな。――案外、気の弱い奴《やつ》かもしれないな、この脅迫者は」

「っていうか、やっぱり、ただのイタズラだったりして？」

何気ない会話の途中にぱっくりと罠《わな》が口を開けているあたり、わが秘書は侮《あなど》れない。

「しかし、衣装《いしょう》やシナリオ程度ならともかく、カメラみたいな貴重品を部室に置きっ放しにはしないんじゃないのかい、秘書くん？」

「あれ、ちょっと待ってよ、探偵さん。だったら、あの衣装にペンキをかけて、脅迫状を置いてきた犯人は、どうやって部室に入ったのかな？」

「そういう本格推理系の密室トリックは営業品目に含《ふく》まれてないんだってば」

「半年くらい前から、部室の鍵《かぎ》は壊れたままになってるんですよ。備品といったら、古いテレビとビデオデッキくらいしかないんで」

見ると、「凍《い》てついた都会」の主演女優が、戸口のところからひょこっと顔を覗《のぞ》かせていた。

「お邪魔《じゃま》じゃないですか？」

「どうぞ、どうぞ。どうせ、いつだって暇《ひま》ですから」

秘書くん……。

由理奈の言葉に破顔した鳳くんは、一礼してから事務所に入ってきた。必要以上に似合っていたトレンチコートとスーツ姿ではなく、由理奈と同じ、七篠高校のセーラー服を着ている。スカーフの色からすると、確かに一年生だ。

しかし……これは八つ当たりとか腹癒《はらい》せで言うわけじゃないけど、似合ってない。一七九・五センチの身長に、平凡《へいぼん》なセーラー服は恐《おそ》ろしいほど似合っていなかった。

「適当な椅子《いす》に座ってて。いま、コーヒー淹れるから」

お構いなく――。由理奈に返事をした鳳くんは、さらに、先ほどはどうもと頭を下げた。こちらもつられるように会釈する。頭を元の位置に戻したところで、意外にいたずらっぽい表情を浮《う》かべた鳳くんと視線がぶつかる。

「――似合わないでしょ、制服？」

女性の外見に関しては常に褒《ほ》め言葉以外は口に出さないというのが、自分に課したほとんど化石と化したルールだった。

「いや、いいんです。自分でもそう思ってるんですから。だいたい、スカートっていうのが苦手なんですよ。──ああ、小学校の頃《ころ》はよかったなあ」

紺《こん》のスカートの裾《すそ》を両手で持って、まるで中に風を入れるみたいにバタバタさせる。あ、自分のなかのクールさが温度を上げていくような気がする。

「駄目《だめ》よ、鳳くん。こう見えて、探偵さんって純情なんだから」

コーヒーカップを運んできた由理奈が言う。ちょっとちょっと、ニヒルな私立探偵を摑《つか》まえて、純情はないだろ、純情は。

「ご期待を裏切って悪いんですけど、下はスパッツなんですよ、自転車通学なんで」

大胆《だいたん》にも、鳳くんはがばっとスカートをめくって見せた。──あ、ほんとだ。

「うち、蕎麦屋《そばや》なんですよ、鳳庵《あん》っていう。自転車にはけっこう自信あるんです」

「へえ、自営業って、お蕎麦屋さんなんだ」

由理奈がノートのキーを押《お》す。メモ帳が引っ込《こ》み、学生名簿に変わる。

「最近の私立探偵はコンピュータも使いこなせなきゃならないんですね」

鳳くんが感心したような表情で覗き込む。操作しているのは助手なんだけどね。

「変な名前だと思ったでしょ、美蘭。蕎麦屋の娘《むすめ》に、どうしてそんな名前をつけたんだか」

蕎麦屋か。もしも私立探偵じゃなくて蕎麦屋だったら、山田太一郎くんでも釣《つ》り合いに欠けることはなかったわけだよな。

「蕎麦屋はともかく、美蘭なんて名前で、こんながさつな女の子に育つなんて思わなかったんだろうなあ。――あ、嬉《うれ》しいな、甘《あま》いもの」

信条と職業について考えを巡《めぐ》らせかけた探偵をよそに、鳳くんと由理奈は湯気の立つコーヒーカップを手に椅子《いす》に落ち着いた。昨日、持って帰ったはずなのに、ちゃっかり栗《くり》蒸し羊羹《ようかん》が一切れ、お茶請《う》けとして添《そ》えてある。

「それで、七篠探偵事務所に何のご用件？」

仮にも所長を差し置いて秘書が言うなよ。何か、脇役《わきやく》の気分だ。私立探偵なのに……。

「さっきはごめんなさい。せっかく来てもらったのに、からかうようなこと言ってごまかして。うちの部長、あのシナリオを通すのにかなり苦労しているんです」

「高校生は高校生らしく、青少年の主張に基づいた健全な映画を撮《と》れ、人生の裏街道を歩かねばならない男が暴き出す社会の腐敗《ふはい》の記録なんてとんでもない――。そんなところかい？」

どうにか自分が主役のペースに引き戻せる、か？

「ええ。部長、エンターテインメント指向なんですよ。予算と技術がなんとかなれば、派手なカーチェイスやガンアクションも入れたい人なんです」

「だから、変な噂《うわさ》が立って、撮影中止に追い込まれたりするのは避けたいってことか」

「でも、ちょっと変わってるわね。今どきハードボイルドの私立探偵が活躍《かつやく》する映画を撮《と》りたいなんて」

そうか？　カッコイイ私立探偵が身近にいたら、それを題材に映画を撮ってみたいと考えたりしても不思議じゃないと思うぞ。

「うーん、案外多いんじゃないですか？　トレンチコートの襟《えり》を立てて、ジャズの流れるバーのカウンターでバーボンを飲んでみたいなんて男の人は」

流れているのはピアノの〈アズ・タイム・ゴーズ・バイ〉で、バーボンよりギムレット、気分によってはオールドファッションなんてのも悪くないな。鳳くんとは友だちになれるかもしれない。いや、友だちになるなら、あのシナリオを書いた竹井部長と、か？

「そうね、うちの探偵さんなんか、ジャズが流れてなくても、コートの襟を立てて、ウーロン茶飲んでるもんね」

由理奈とお友だちになるのは、かなり難しいかもしれないな。

それから三〇分ほど、鳳くんと由理奈は探偵ほったらかしで茶飲み話に興じていた。仲間外れにされた私立探偵としては、趣味《しゅみ》の知恵の輪に没頭《ぼっとう》したふりをするくらいしかなかった。

下校放送が流れる頃になって、長居してすみませんでしたと頭を下げると、鳳くんは帰っていった。

「――映研の内部事情みたいなものは、ある程度わかったわね」

……油断ならない女だな、秘書くんは。

由理奈はノートに別のファイルを開いた。窓の下には薄汚《うすよご》れた灰色の都会。ここが俺《おれ》の荒野《こうや》。ここが俺の戦場だ――。『凍てついた都会』のシナリオだ。

「どうしたんだ、これ、秘書くん？」

「昨日のうちにスキャナで取り込んで、それを元に文書ファイルにまとめ直しといたの」

一時間半か、下手《へた》したら二時間はあるだろう映画のシナリオを？

「いつかこの事務所を畳《たた》むはめになっても、君だけは路頭に迷う心配がないようだな。有能なスパイとして、きっと再就職できる」

「そういうセリフは、助手にお給料を払《はら》っている人の口から聞きたいな」

うーむ。経営者としての能力にまで突《つ》っ込みが入るとは思わなかった。

調査能力と経営手腕《しゅわん》について思索《しさく》を巡らせている間に、由理奈はさっきの鳳くんとの会話から拾った映研の内部事情を、シナリオの最後についているキャスト表とスタッフ表に書き込んでいった。

最後に二名、キャストでもスタッフでもない名前が付け加わる。《小林由理奈・有能な探偵助手》《山田太一郎・名探偵》——。おいおい、ミステリの「主な登場人物」じゃないんだぜ。

「——ここ、違《ちが》ってる」

手を伸《の》ばし、訂正《ていせい》する。どうも〝名探偵〟っていうのは、屋敷《やしき》の見取り図とか、完全な密室とか、そういう方面で仕事をしている連中のような気がして、肌《はだ》に合わない呼び名なんだ。

「ちょっと、どうしてそういうふうになるのよ？」

由理奈が頰《ほ》っぺたを膨《ふく》らます。でも、どう考えたって、こっちのほうが正しいと思うけどな。

《小林由理奈・有能な探偵の、助手》《他に匿名《とくめい》希望の有能な私立探偵が約一名》——。

週末は、由理奈にプリントアウトしてもらった「凍てついた都会」のシナリオ（キャスト・スタッフ表および付録つき）を読んでいた。主人公の探偵を鳳くんに置き換《か》えて、自分好みのカメラワークとジャズのBGMで頭のなかに組立てる。堪能《たんのう》した。げっぷが出るほど。

月曜日、寝不足《ねぶそく》の頭を事務所の机の上でなだめていると、キャンディ頭が飛び込《こ》んできた。

「探偵さん、事件よ！」

由理奈はダサダサと評していたけれど、それなりにひねったセリフに親しんだ後では、この表現はいかにも直接的で恥《は》ずかしい。探偵さん、事件よ——。

「ちょっと、どうしたのよ、顔しかめて。事件なのよ、探偵さん。映研、映研の部室」

「他人の不幸を喜ぶわけじゃないが、もう少しで、ハローワークの所在地を確認するところだったよ」

「何カッコつけてんのよ。それにいまの言い方、ちょっと鳳くん入ってたわよ、探偵さん」

足許《あしもと》ががらがらと崩《くず》れ落ちていくような感覚を味わっている間に、由理奈はアクアスキュータムの腕《うで》を摑《つか》むと、映研の部室めざして元気よく走り出した。


トレンチコートは主演女優の肩《かた》ではなく、ハンガーに着せかけられて、壁《かべ》から吊《つ》るされていた。正確を期すならば、トレンチコートではなく、かつてはトレンチコートであったはずの布と言うべきだろう。コートは刃物《はもの》でずたずたに切り裂《さ》かれていた。裏地が暗い赤で染まっているところを見ると、昨日、鳳美蘭が着ていた衣装《いしょう》であることは間違いないようだが。

そのコートの残骸《ざんがい》が、ヨーロッパの美術館から貸し出された、期間限定公開中の名画でもあるかのように、映研の部員が半円形に取り巻いて見つめている。

「——あ、山田さん……」

最初にこちらに気付いたのは（背が高いからというわけではないだろうけれど）そのコートを着るはずの主演女優だった。その声をきっかけに、一同の注目がこちらに集まる。

「いや、ちょっと、イタズラにしちゃ、度が過ぎてると思うけどね、まあ、イタズラはイタズラなんだし……」

竹井部長が、作り笑いを浮《う》かべてしゃべっている。

「そうだな。トゥシューズに画鋲《がびょう》を入れるのと同じくらい、ありきたりのイタズラだ」

しらけた空気が漂《ただよ》う。場の空気をやわらげることには失敗したようだ。

《有能な探偵の、助手》は、勝手にコートの前にしゃがみ込んで、ズタズタに切り裂かれた布地をデジカメ片手に検分している。

「どういう経緯《けいい》でこうなったのか、説明してもらおうか？」

誰《だれ》に言うともなく言ってみる。これは、別に本格系の探偵に限らず、犯罪捜査《はんざいそうさ》の初歩ということで、まあＯＫ。部員たちの視線は一度部長に集まり、それから鳳くんのほうに行った。

「昨日のペンキのことがあったんで、今朝一番で部室を覗《のぞ》いてみたんです。そしたら、コートがズタズタになってて……」

「今度は脅迫状《きょうはくじょう》はなかったのか？」

「はい、気付きませんでした」

由理奈が部屋の隅《すみ》のゴミ箱を覗き込んでいる。天眼鏡を手にしていないのが不思議だ。

「――でも、これじゃ、撮影《さつえい》はできませんね、部長？」

ビデオカメラを手にした、小柄《こがら》な男子生徒がぼそっと言う。スタッフ表にあった「撮影」担当の草野昇《くさののぼる》という三年生らしい。

再び、一同の視線が部長に集まる。部長は力なくうつむいた。

「——肝心《かんじん》なのは、あんたたちにやる気があるかどうかってことだと思うがね、部長さん」

うつむきかけていた丸い顔がこちらを向く。

「やる気があれば何でもできるなんてお伽話《とぎばなし》を口にするには、俺もこの商売を長いことやり過ぎた——」

「一年強でしょ、長めに見積もっても」

「——俺の長年の経験から言わせてもらえば、どんなに条件が整っていたところで、やる気のないところには何も起こらない。だが、やる気のある奴は、どんなに悪条件が揃《そろ》っていても事を起こす。もちろん、それが成功するかどうかは別の問題だがね」

「そうよ。やる気があれば、例えば空き教室で探偵事務所を開くことだってできるわ。そこにお客さんが来るかどうかは別の問題だけど」

「俺に、汚れた街のドブさらい役に、虚構《きょこう》の世界の底に溜《た》まった泥《どろ》をさらわせてみないか？　脅迫者の正体を暴き出して、ダメになったコートを弁償《べんしょう》させるくらいはしてみせるぜ」

「最低でも、状況《じょうきょう》が今より悪化することだけはないわよ」

こら、秘書、こっちがクールな私立探偵じゃなかったら、後頭部に張《は》り扇《せん》かましてるぞ。

咳払《せきばら》いして、気をとり直す。

「クールでニヒルが看板の私立探偵らしくないお節介《せっかい》だっていうのは承知しているさ。自分でも厭《いや》になってる。ただ、他人に無理矢理何かをさせたりさせなかったりっていうのが大嫌《だいきら》いな性分なんでね。もちろん、無料《タダ》でとは言わない」

アクアスキュータムを脱《ぬ》ぎ、鳳くんに着せ掛《か》ける。室内がどよめいた。

「映画を作る気があるなら、このコートをレンタルしよう。その代わり、真相究明とガードマン役を俺に任せること。悪い条件じゃないと思うがね？」

「ちょっと、ちょっと探偵さん――」

「わかってる、秘書くん。無料じゃないって場合は、探偵のほうが料金を要求する、ただし、ごく小額っていうのがセオリーだって言うんだろ？」

「そうじゃなくってね、探偵さん――」

「いいんだ。この業界には、暇潰《ひまつぶ》しのためって理由で、刑期《けいき》を終えて出所した男の昔《むかし》の女を探す仕事を引き受けた大先達もいる。金にならない仕事ほど懸命《けんめい》になるのは業界の不文律みたいなもんで――ちょっとさ、いちおうの見せ場っていうか、決めゼリフの出る場面なんだから、邪魔《じゃま》しないでくれ……何だい、秘書くん？」

しきりに袖《そで》を引っ張っている由理奈を見下ろす。指差すほうを見てみる。映研の部員一同がこちらを見ている。それも、目を点にして。

ひとわたり室内を見た視線が鳳くんとぶつかる。ぎこちない笑顔。

「――あの、本物の探偵っていうのは、トレンチコートの下に予備のコートを重ね着しているものなんですか？」

「なんだ、そんなことか。もちろん――」

頭の上から帽子《ぼうし》を取ると、鳳くんの頭に乗せてやる。そして内ポケットから出した帽子の皺《しわ》を伸《の》ばしてから自分の頭に乗せる。

「コートだけじゃなく、帽子の予備もちゃんとある」

鳳くんの目までが点になった。静まり返った部室に、由理奈のため息だけが響《ひび》いた。

何故《なぜ》だろう、探偵は、ものすごく孤独《こどく》なものを感じている……。

美術準備室を片付け、使っていない職員用の事務机やロッカーを運び込んで作った〝探偵事務所〟。抽斗《ひきだし》やロッカーの中が空なのはもちろんのこと、ちょっと視線を動かせば、石膏《せっこう》の胸像やレンブラントだかモネだかの複製画が転がっているような部屋なのだが、場面のほとんどが机の前のやり取りだけなので、カメラアングルに気を使っておけば、これで充分、事務所として通用するらしい。

「あ、やっぱり〈フォア・ローゼス〉が入ってる」

机のいちばん下の抽斗を覗き込んだ由理奈が嬉《うれ》しそうに言う。

「これ、中身は本物なんですか？」

「まさか、ウーロン茶ですよ」

「じゃあ、うちの探偵さんと同じですね」

………。

　結局、撮影は続行されることになった。しかし、部員たちにやる気を出させたのが、アスファルトの荒野を征《ゆ》く一匹狼《いっぴきおおかみ》の言葉ではなく、ズタズタのコートを検分していた《有能な探偵の、助手》が発した「――ふーん、鋏《はさみ》で切ったようね、この切り口からすると」という一言だったのは、ちょっと納得《なっとく》がいかないような……。

　コートを切り裂いたナイフが、今度は自分に襲《おそ》いかかる――。部員たちはそんなイメージを思い浮《う》かべて怯《おび》えていたんだろう。もちろん、鋏だって充分、凶器《きょうき》になるんだけど、脅迫者《きょうはくしゃ》が振《ふ》りかざすナイフというイメージに比べると迫力《はくりょく》不足の感は免《まぬが》れない。

　私立探偵と科学捜査《そうさ》ということに思いを巡らせている間に、キャンディ頭の探偵助手は、撮影現場のあっちこっちに首を突《つ》っ込んで回っている。いまは、草野氏の持っているビデオカメラを自分のデジカメで撮影しながら説明を聞いているところだ。ひょっとしたら、この事件の依頼《いらい》を受けたことをいちばん喜んでいるのは由理奈なんじゃないだろうか。

撮影するのは、鳳美蘭扮《ふん》する姓名不詳《せいめいふしょう》の私立探偵が、失踪《しっそう》した社長令嬢《れいじょう》の妹の不意の訪問を受ける場面だ。英字新聞を顔の上に伏《ふ》せて惰眠《だみん》を貪《むさぼ》っていた〝探偵〟は、ノックに応《こた》え、うらぶれた事務所には似つかわしくない少女の訪問に戸惑《とまど》いながらも言葉のゲームを楽しみ、そして、社長一家の家庭の腐臭《ふしゅう》の一端《いったん》を嗅《か》ぎ取る――。女の子が私立探偵の事務所に押《お》し掛けてくるなんてことが現実にあるんだなあ……。いやいや、これはあくまで映画のなかのお話だ。

自分の事務所にいる場面なので、〝探偵〟はコートを着ていない。コートにペンキを塗《ぬ》りたくられた日にすでに、コート無しの場面の撮影を先行させるように、竹井部長もスケジュールを調整していたらしい。

今日、初めてお目にかかる社長令嬢の妹娘《いもうとむすめ》は、演劇部からの客演で、中山麻沙美《なかやままさみ》という二年生。言われてみれば当然なのだが、映研に来るような学生というのは、カメラを回したり、シナリオを書いたりするのが好きな人間のほうが多い。職業としての活動なら映画と舞台《ぶたい》で違《ちが》うのかもしれないが、部活動で芝居《しばい》がしたいなら、演劇部に行くほうがむしろ普通《ふつう》だろう。だから、実際の撮影に際しては役者が足りず、演劇部に助《すけ》っ人《と》を頼《たの》んだり、まったくの部外者で間に合わせたりということが珍《めずら》しくない（探偵的な考え方をするならば、脅迫事件の容疑者の範囲《はんい》が、演劇部を含《ふく》めた外部にまで大きく広がったことになる）。

中山麻沙美は、目のくりくりしたショートカットの少女で、〝探偵〟とはほぼ頭ひとつ分の身長差がある。デザインの可愛《かわい》らしさで有名な櫻陰《おういん》女学館のセーラー服を、スカートをやや短めにした感じで着て、会話中も一所《ひとところ》にじっとしておらず、いかにも活発な性格のお嬢様らしく見える（どこぞの探偵助手とは大違い――ってこれは言わずにおこう）。舞台演劇の衣装《いしょう》は、デフォルメされた、いかにも作り物という印象のものも多いようだが、映画の場合は、特殊《とくしゅ》な場合を除き、本物らしく見えるもの（ほとんどが本物）が用意される。でも、どうやって手に入れたんだろう、櫻女の制服なんて。櫻陰女学館、通称「櫻女」といえば、都内でも有名なお嬢様学校で、学園祭の時でも、家族以外は校内には入れず、その入場券は一部で高額取引されているという噂《うわさ》だ。そこの制服となると、トレンチコートよりよっぽど手に入れにくいはずだ。

竹井部長に言われて、準備室の入口のほう、部長や草野カメラマン等スタッフのいる側へ一時避難《ひなん》する。反対側、窓際に置かれたロッカーと事務机のまわり、面積にして準備室の三分の一ほどが、実は〝事務所〟のすべてだったりするわけだ。

リハーサルが始まる。新聞に開けた覗き穴から少女の姿を認めた探偵が、机の上から長い脚《あし》を下ろし、物珍しげに事務所を見回している彼女にジョークを言い、緊張《きんちょう》を解《ほぐ》す――。

「ああ、ちょっと鳳ちゃん――」

演技を見ていた竹井部長が声をかける。

「あんまり健康的に胸を張らないでくれるかな？　いちおう、孤独の影《かげ》をまといつかせた一匹狼の私立探偵なわけだから」

役者本来の陽性の性格が姿勢にも出てしまうものらしい。鳳くんは、頭ひとつくらい背の低い少女と会話するのにも、しゃきっと背筋を伸《の》ばしていたのだ。

「すみません、部長。親父《おやじ》の口癖《くちぐせ》なんですよ、胸を張れっていうのは」

頭を掻《か》きながら鳳くんが答える。似たようなことを言う人間はどこにでもいるものらしい。小学校の頃《ころ》から言われ続けたよな、背筋をしゃんとしなさい、一年三組・山田、いやいや……。

「ほら、山田ちゃんみたいな感じで、うつむき加減、やや猫背《ねこぜ》。ちゃんと見習って」

丸めたシナリオで竹井部長がこっちを指している。鳳くんをはじめとする一同の視線が集まり、背筋を伸ばすことも屈《かが》めることもできなくなってしまったのが情けない。

「姿勢が悪いのを褒《ほ》められることもあるのね？」

「やっぱり本物は違うっていうような評価にはならないのかな、秘書くん」

「あたしは助手ですってば」

視線を合わせず、囁《ささや》きながらのやり取り。その間に鳳くんが横に来て、こちらを横目で見ながら、体を傾《かたむ》ける角度を調整している。いや、いくら何でもそこまで忠実に本物をコピーしなくてもと思うのだが。

探偵が固まっている間に、鳳くんは〝事務所〟に戻《もど》り、お尻《しり》を半分だけ机に乗っけたような格好をする。さっきより、斜《しゃ》に構えたムードになっている。

「カッコイイ……」

由理奈のつぶやき。いや、わが秘書だけではなく、部屋にいる誰《だれ》もがそう思っているようだ。当然、演技指導の手本になったのが誰なのかは、すっかり忘れ去られている。

探偵は、孤独だ……。


その日は、探偵事務所のシーンを撮《と》っただけで解散となった。念のため、コートは持って帰ることにする。

「——それで、誰のボディガードをしながら帰るわけ？　やっぱり主演女優？」

うっ……。彼女の衣装が二回も傷つけられたんだから、ガードにつくのは当然のはずなんだけど、そういう尋《き》き方をされると、素直にうなずけなくなるじゃないか。

「大丈夫《だいじょうぶ》ですよ、自転車には自信がありますから」

鞄《かばん》を背中にしょった鳳くんは、スポーツタイプの自転車を駆《か》って校門を出た。自転車だから安全という保証はないんだけど、アスファルト・ジャングルの一匹狼には、実は狼ほどの脚《きゃく》力《りょく》がなかったりする。やっぱり三か月間、陸上のトレーニングを続けるべきだったかもしれないな。

「――次の重要人物となると、やっぱり監督《かんとく》さんよね？」

映研の部長、今回の映画の監督、そして、シナリオライター。竹井明文部長こそが、この映画のキーを握《にぎ》っている人間と言っていい。

「ウーン、本物の私立探偵にボディガードしてもらえるなんて、レアな経験って感じ？」

語尾が全部あがっている業界ノリで言われても、あまり嬉《うれ》しくなかったりする。

「じゃあ、探偵さん、あたしこっちだから。バイバイ」

ミーハー乗りの由理奈に監督の相手をさせて、こっちは深い沈黙《ちんもく》のうちに職務を遂行《すいこう》しようという目論見《もくろみ》はあっさりと崩《くず》れ落ちた。男ふたり、肩《かた》を並《なら》べて駅に向かう。背中が丸まっているとしても、それは演技ではないはずだ。

「ところで探偵ちゃんは、事務所では何を聞いてるの？」

「古臭《ふるくさ》いジャズを、飽《あ》きもせずにくり返し聞いてるよ」

うっ……。〝探偵ちゃん〟って何なんだ？　〝山田ちゃん〟よりは待遇《たいぐう》改善なんだろうけど、思わず日本語の将来について考えを巡《めぐ》らせそうになってしまうぞ。それに、竹井部長には何の怨《うら》みもないが、こういうやり取りは、やっぱり相手が美女のほうがいい。

「適当なアルバムとかあったら、推薦《すいせん》して？　推薦して？　今のところは『最も危険な遊戯《ゆうぎ》』

とかのサントラを流用しようかと思ってるんだけど?」

「ああ、大野雄二《おおのゆうじ》の……」

いかん、反射的に作曲者の名前が出てしまった。実は持ってるんだ、「遊戯シリーズ」三部作のサントラは——なんて話は絶対にしちゃいけない!

「日本では、ピアノ・トリオの人気が高いようだな。日本の若手作家の書いた探偵が、ビル・エヴァンスのテープをカー・ステレオに入れていたのは、なかなかうまいと思ったよ」

はい、その〝若手作家〟、こちらの倍以上の年齢《ねんれい》です。

「しかし、やはりサックス中心のカルテット、クィンテットかな。ジェリー・マリガン、スタン・ゲッツといったあたりのクールなやつ」

軽薄《けいはく》な口調にもかかわらず、部長は真面目《まじめ》にメモをとっている。なかなか結構。実はいちばん性《しょう》に合ってるのがコルトレーンだなんてことは黙《だま》ってようっと。

「それから、ボーカル曲も外せない。歌詞の内容と場面の内容が合っているかどうかで選べば、そんなにムードが合わないこともないだろう」

熱心にうなずいている竹井部長。思わず頰《ほお》が緩《ゆる》みそうになるのを引き締《し》める。ただ、自分の知識を感心して聞いてくれる人がいるのは嬉しくないこともないけど、何か違《ちが》う。そう、これは私立探偵の仕事じゃないような気がする。

「ところで、探偵ちゃんのアイドルって、誰《だれ》？」

メモ帳をしまった竹井部長が尋《き》く。アイドル？　誇《ほこ》り高き現代の騎士《きし》にアイドル？

「いや、つまり、リスペクトしている私立探偵とかいるでしょ？」

「部長さんは？　わざわざ映画を作るくらいだから、いるんだろう、アイドルが？」

竹井部長は、私立探偵ではなく、何人かの俳優の名前を挙げた。

「小学校の頃、夕方の再放送ではまったんだよね。真似《まね》して遊ばなかった？」

まずい。この話題は非常にまずい。例えば小説家やマンガ家が、元ネタを見破られるのと同じくらいにまずい。

「——ちょっと、探偵ちゃん、急に足を速めないでってば」

男には、孤独《こどく》になりたい時もある。


部長を自宅まで送り届けるという孤独なうえに色気のない仕事を終えると、学校に引き返す。途中《とちゅう》の酒屋で調達した一升瓶《いっしょうびん》を提《さ》げ、人目を避《さ》けるようにしながら用務員室に向かう。

脅迫者《きょうはくしゃ》が三度目のちょっかいを映研にかけてくる可能性もある。その現場を押《お》さえるために、学校に泊《と》まり込《こ》むつもりだった。こういう時に融通《ゆうずう》をつけてもらえるように、日頃《ひごろ》から将棋《しょうぎ》の相手をしたり、茶飲み話につき合ったりして、校内の人脈は常に怠《おこた》りなくメンテナンスしているのだ。

「源さん、すみません、黙《だま》って一晩泊めてください——」

「あ、探偵さん、お先」

ギャグマンガの主人公でもないのに、危うく畳《たたみ》の上でヘッドスライディングするところだった。殺風景な用務員室では、髪《かみ》の毛をキャンディの包み紙のような形に縛《しば》った丸顔の女の子が、かわいらしいお弁当箱《べんとうばこ》を広げて食事の最中だった。

「なんで、君がここにいる？　いや、聞かなくてもわかってる。脅迫者が三度目のちょっかいを映研にかけてくる可能性もある。その現場を押さえるために、学校に泊まり込むつもりだろう？　そうだろう？」

「当たり。すごい、探偵さん、ちゃんと推理できるじゃない」

こんなこと、外すほうが難しい。

「さあ、時計台が一二時打つ前に、シンデレラはお家《うち》にお帰り」

「いやよ。せっかく、怪奇《かいき》と幻想《げんそう》と謎《なぞ》と猟奇《りょうき》の世界が待ってるかもしれないのに」

弁当箱と同じウサギだかネコだかのキャラクターのついた水筒《すいとう》からお茶を注《つ》ぎながら言う。

一六歳《さい》の女の子のセリフじゃないな、どう考えても。

残暑の、さらに名残《なごり》が続いている今日この頃、由理奈は半袖《はんそで》のTシャツにスパッツという軽《けい》装《そう》だった。後ろにはバッグと、折り畳んだ寝袋《ねぶくろ》が置いてある。本気で泊まり込むつもりらしい。

「いいか、小林くん。俺はコンクリートの荒野《こうや》に棲《す》む一匹狼《いっぴきおおかみ》だ。一匹狼っていうのはな、一匹の狼なんだ」

「ごちそうさま。——探偵さん、何か異常に興奮してない？」

食べ終わった弁当箱を片付けて、バッグにしまう。なんて無情な指摘《してき》なんだろう。さっきとは別の意味で一六歳の女の子のセリフじゃないと思う。

「興奮？　冗談《じょうだん》じゃない。俺は、血管の中を熱い血の代わりにコールタールが流れているような男なんだよ。クールでタフでニヒルな、物事に動じない男なんだ」

「だったら、一六歳の小娘《こむすめ》なんか、ちゃんちゃらおかしくて手を出す気にはならないよね？」

「ああ、君が眠《ねむ》くなったら、取って置きのテノールで子守唄《こもりうた》を唄ってやるからそう思え」

「ラッキー！　つまり、一緒《いっしょ》に泊まってもＯＫってことよね？」

はめられた……。

「——源さぁん……」

頼《たよ》りのこの部屋の主は、何故《なぜ》か二本ある一升瓶を風呂敷《ふろしき》でまとめているところだった。

「何があっても、黙《だま》っててやるから。なるべくバレないようにな」

バレないようにって、何が？

「――はい、あがり。これで四六勝四敗ね」

二人でやるババ抜きはむなしい。

源さんから、警備会社のガードマンの巡回《じゅんかい》時間については聞いている。その時だけ注意すれば、あとは比較《ひかく》的気楽だ。いや、もちろん謎の脅迫者の来訪には注意を払《はら》っておかなければいけないんだけれど。

最大の問題は、別のところにあった。どうやって、由理奈と二人きりの時間を、そう意識することなく過ごすか。

最初は、ノートパソコンに入っていた、これまでにわかったことの検証などをしていた。例えば、中山麻沙美が着ていた〝櫻女〟の制服は、演劇部の部長の伝《つて》で借りたものだとか。そして、それに基づいた推理を強制された。押し掛け助手になってから半年が経《た》とうというのに、由理奈はいまだに私立探偵は灰色の脳細胞《のうさいぼう》を働かせて推理するものだという妄想《もうそう》から解放されていないらしい。やがて推理のネタも尽《つ》きた。用務員室の備品を引っ張り出しての、将棋でもやろうかという提案は却下された。由理奈は将棋ができないのだそうだ。ゲームの類《たぐい》でやるものといえば、恋愛《れんあい》シミュレーション（笑えるから）と、育成シミュレーションでわざと極端なパラメータにすること（笑えるから）、あとはババ抜き、七並べくらい。常に携帯《けいたい》しているノートパソコンは、ほとんど情報器機としてしか使っていないし。

密《ひそ》かな張込み中なので、テレビを見るわけにもいかない。

「今度は七並べやろうか？」

しらけた、だが実に重たい間があく。

「退屈《たいくつ》だね」

「退屈と無聊《ぶりょう》は、私立探偵の古い馴染《なじ》み、腐《くさ》れ縁《えん》の女友だちみたいなもんさ」

「こんなところ、成田委員長が見たら、何て言うかな？」

怪文書《かいぶんしょ》の類を指して「紙爆弾《ばくだん》」という表現があるが、由理奈のセリフはさしずめ「口爆弾」か？　用務員室の壁《かべ》や天井《てんじょう》に被害はないが、孤独《こどく》な現代の騎士《きし》の胸は被害甚大《じんだい》だ。

「そうだ、成田さん、呼ぼうか？　三人いれば、ババ抜きももっと面白《おもしろ》いし」

「秘書くん、それは、ジョークとしては笑えないし、嫌《いや》がらせとしては悪質だぞ」

「息を荒《あら》くしないでよ、イヤラシイ」

切り返す言葉も受け流す言葉も、とっさに出てこないことに自分の未熟さを実感する。クールで粋《いき》なセリフで〝お嬢《じょう》ちゃん〟をからかえるくらいじゃないと、現代の騎士は務まらないはずなんだよな。後で「凍《い》てついた都会」のシナリオを復習でもしておこう。

「——どこ行くの？」

「ガードマンが巡回する前に、いちおう、犯行現場を見てくる」

「何かあったら、呼んでね。あたし、そろそろ寝《ね》るから」

本気らしい。バッグから取り出した「トラベルセット」の類を手に、由理奈は部屋の隅《すみ》の流しに向かった。

探偵は、孤独を嚙《か》み締《し》めながら部屋を出た。

用務員室というのは、一階の玄関《げんかん》と、廊下《ろうか》の突《つ》き当たりの理科室のちょうど中間にあり、映研の部室を見張るにはもってこいのロケーションだった。

部室の戸には、空き缶《かん》とビニール紐《ひも》で作った即席の警報装置《そうち》が仕掛《しか》けてある。知らずに開けたら、ちょっとした音が響《ひび》く。窓にも同様の仕掛けがしてある。派手に鳴り響く防犯ブザーを利用するという手もあったが、それでガードマンまでご招待してしまうと、こっちも〝夜中の校舎をうろうろしている怪《あや》しい奴《やつ》〟というカテゴリーに分類されてしまうので、避《さ》けた。

慎重《しんちょう》に装置を外し、部室に入る。ポケットからミニマグライトを出し、室内を点検する。多少の作業ができる程度の机、ミーティング用のテーブルと椅子《いす》、ビデオデッキのつながれたモニター、空っぽのロッカー。念のために窓の警報装置も確認する。——異常なし。

音を立てないように気をつけながら装置を再び仕掛け、部室をあとにする。

用務員室では、どこから調達したんだか、由理奈が寝袋にくるまって寝ていた（枕許《まくらもと》には目覚まし時計も置いてある)。もう少しでいびきと間違えちゃいそうな、豪快《ごうかい》な寝息を立てて。

「う〜ん、ムニャムニャ、おなかいっぱい、もう食べられない」なんて寝言を言っても、不自然じゃない感じだ。いや、そうとうに不自然か?

「う〜ん、もっと……」

由理奈が寝言を漏《も》らす。もっと?

その時、由理奈が姿勢を変えて、寝袋ごとこちらを向いた。身を乗り出し、目を凝《こ》らす。いつもなら丸いメガネのあるところを、弁当箱と同じキャラクターの模様のついたアイマスクが覆《おお》っている。

「もっと……もっとたくさん盛《も》って。おなか空いてるんだからあ……」

凄《すさ》まじいまでの脱力感《だつりょくかん》が襲《おそ》う。恐《おそ》るべし、小林由理奈。

コーヒーの道具は事務所に置きっ放しにしてきてしまったので、源さんの茶道具を借りて日本茶を淹《い》れ、長く孤独な夜に備えることにする。

「——そう言えば、腹減ったなあ……」

映画というのは面倒《めんどう》くさいものだ。例えば「波止場」を表現する場合、舞台《ぶたい》演劇なら、汽笛《きてき》の音やカモメの鳴き声でも流せば、その場面は「波止場」なのだということで通用するだろう。

しかし、映画となると、実際に波止場へ行かないまでも、それらしいロケ場所で撮影《さつえい》しなければならない。学園祭に出品される作品が「学園ドラマ」になりがちなのもむべなるかな。

その意味で、ロケ場所を見つける眼力、そこを使用するための許可を貰《もら》うための交渉力《こうしょうりょく》など、竹井部長というのも、単なる業界ノリの映画オタクでもないらしい。

それにしても、磨《みが》かれた板が横に渡《わた》されているという共通点だけで、図書室の貸出カウンターをバーのカウンターに見立てて撮影するっていうのは、普通の発想じゃないよな。

「——どう、探偵ちゃん、専門家の目から見て、ドライなマティーニらしく見える？」

すべての事件の黒幕である社長の甥《おい》っ子のフェイバリットが超《ちょう》ドライなマティーニなのだ。

「——いいんじゃないのか？」

カクテルグラスの中身は、何かのジュースを水で割ってそれらしい色合いにした液体に、それだけは本物のオリーブを沈《しず》めたものだ。口をつける場面があるから毒ではないが、飲んで美《う》味《ま》いものでもないだろう。

ちらっと脇《わき》を見る。キャンディ頭の探偵秘書は、メガネの奥《おく》からキラキラした視線をグラスに送っている。きっと、毒殺事件でも期待しているんだろう。

「ところで、山田さん、マティーニってどうすればドライになるんですか？」

「乾燥《かんそう》させればなんて、ベタなネタは無しね」

由理奈に先手を打たれ、いや、つまらない冗談《じょうだん》を言われる。

「平均的なマティーニなら三対一のジンとベルモットだが、ジンの比率を高くするんだ」

「つまり、色は薄《うす》くなる、と」

顔をうつむけ、口許《くちもと》になるべくニヒルな笑みを浮《う》かべる。

「一五対一の極ドライを好んだのが文豪《ぶんごう》ヘミングウェイ。英国首相チャーチルはさらにドライがお好みで、ベルモットのボトルを見ながらジンだけ飲んだんだそうだ」

「それって、ちょっと笑えますね、間抜《まぬ》けで」

事件の黒幕との対決を控《ひか》えている私立探偵とは思えないほど無邪気《むじゃき》に鳳くんが笑う。

「究極のドライ・マティーニの作り方を教えようか？」

畑沢先生に聞かされて以来印象に残っている、なんとも気障《きざ》ったらしいやり方を思い出した。

「まず、カクテルグラスにベルモットを満たし、それを捨てる。でも、グラスの内側にはうっすらとベルモットが残る。そこにジンを注《つ》ぐ」

「あ、探偵ちゃん、それ、いただき。氷崎《ひざき》が蘊蓄《うんちく》を垂れながら、究極のドライ・マティーニを飲む場面を入れよう。よし、決まり」

竹井部長、いや、監督《かんとく》は、手許のシナリオを書き直している。マティーニ作る場面は、図書室では撮《と》れないだろうなあ、どうするんだろう。まあ、ボディガード役と犯人追及《ついきゅう》しか請《う》け負っていない私立探偵の口出しすべき問題じゃないんだが。

「村崎《むらさき》ちゃん、よろしくね」

スーツをスマートに着こなした社長の甥っ子・氷崎怜一《れいいち》役（この名前で、温厚な太目のキャラクターだったら、ある意味では笑える）の村崎章《あきら》に声をかける。映研きっての二枚目ではあるが、ちょっと鋭《するど》い感じが強すぎて、主役としての間口の広さには欠けているかもしれない。あえて言うなら、鳳くんに主役の座を奪《うば》われたことで彼女を怨《うら》んでいてもおかしくない人間ということになるのか。ただ、鳳くんとの世間話から由理奈がまとめたメモでは、ペットのハムスターのことを語り始めると止まらないという、お茶目な好青年だ——って、三年生だから一つ年上なんだけど。いや、動物が好きなんて善人くさいところがかえって怪《あや》しいとか言うかもな、由理奈なら。

監督は、氷崎の性格表現の小道具としてハムスターに出演依頼《いらい》をしたのだが、村崎氏には断固拒否《きよひ》されたらしい。これが今回の脅迫《きようはく》事件の動機に絡《から》んでいたら、ちょっと厭《いや》。

結局、昨夜は何も起きなかった。今日も、これまでのところ撮影に支障が出るような何事も起こっていない。もちろん、脅迫状の類も発見されていない。脅迫者は諦《あきら》めたのか、それとも（あまり考えたくない可能性ではあるが）ただのイタズラだったのか——。

図書室では〝探偵〟と氷崎の対決シーンのうち、会話の部分だけを撮影した。これに、別々に撮影されたビリヤード場でのビリヤード対決の場面、そしてマティーニを作る場面などを繋《つな》ぎ合わせて、一つの対決場面として作り上げるのだそうだ。

時間的に余裕《よゆう》もあったので、部室に引き上げ、撮影されたばかりの対決シーンをモニターで再生することになった。このへんは、現像などを必要としない、ビデオ撮影の強みだろう。

初めて顔を合わせる二人。互《たが》いに無関心と慇懃《いんぎん》さを装いながら、やがては決定的な対決の時を迎《むか》えることを内心では確信している――。先にシナリオを読んでこの先がどうなるかを知っているってことを差し引いても、なかなか緊迫《きんぱく》感のある名場面になっている。竹井部長のクセなのか、あまり細かくカットを変えないことで、緊張した雰囲気《ふんいき》を出すことに成功しているようだ。あとは、撮影担当の草野氏の功績かな。三脚《さんきゃく》の類で固定しているからカメラを手持ちする必要こそないけれど、ファインダーを覗《のぞ》いてカメラワークを決めるのは草野氏だ。由理奈と同じくらいの小さな氏の体のなかには、情熱と力がいっぱいに詰《つ》まっているに違《ちが》いない。

「草野さん、このへん、もう少し僕のほうにカメラを振ってくれませんか？　この場面を仕切ってるのは、〝探偵〟よりもむしろ氷崎なわけだから。――ねえ、部長？」

村崎氏の言葉に、竹井部長はビデオを巻き戻させる。

「撮《と》り直しになるのかい？」

傍《そば》にいる鳳くんにささやく。

「もともと、これもリハーサルなんですよ。カメラワークを検討するための」

少々意外な言葉ではあった。草野氏が使っているビデオカメラは、一見しただけで値段も重量もかなりあるだろうと誰もが思うような代物だ（前に、あたしだったら撮影妨害《ぼうがい》のためにカメラを壊《こわ》しちゃうと由理奈は言っていたが、そういう犯行意図をもった人間だって、あのカメラを見たらきっとびびる）。カメラワークを検討するための撮影とは、言ってみれば下書きのようなものだろう。それなら、もっと扱《あつか》いやすいカメラ（パパがうちの子の運動会やら学芸会やらを撮るのに使うような、片手で軽々操作できるようなやつ）でもいいのではないか。

「──草野先輩《せんぱい》は熱心なんですよ、完璧《かんぺき》主義っていうか、ちょっとマニアっぽいっていうか。それに、本番に使うカメラでやらないと、カメラを操作するリハーサルにならないってこともあるんじゃないですか？」

こちらの疑問を読み取ったかのように鳳くんが注釈《ちゆうしやく》を入れる。いかんな、クールでニヒルな私立探偵が内心の声を読み取られちゃ。

他にもカメラワークに問題があったのか、部長と村崎氏、そして草野カメラマンはビデオを止めて何やら話し合っている。あるいは、新たに撮影しなければならない超ドライ・マティーニの蘊蓄《うんちく》シーンについて相談しているのかもしれない。マニアックなカメラマンが、自分の撮りたいように撮らせてくれない部長を怨んで脅迫？　マニアっていう人種は、ときとして危ないものではあるけどな。変なものに拘《こだわ》ったり、一方的な蘊蓄を垂れ流したり……。

「——このへん、まだ、照れが見えるなあ、鳳ちゃん？」

話題は主役の演技にポイントを移したらしい。頭を搔《か》きながら鳳くんが前に出る。

「——このまま最後まで無事に撮影が進むと思う？」

いつの間にやら、鳳くんがいなくなったスペースに滑《すべ》り込んでいた由理奈がささやく。

「無事に進んで、公開までこぎつければ、俺《おれ》の仕事は成功裏に終わったと言えないこともない。映画のシナリオに合わせた見立て殺人の類を期待しているギャラリーには悪いがね」

「誰が殺人を期待してるのよ？」

ただでさえ丸っこい顔が、ぷっと頰《ほ》っぺたを膨《ふく》らませて、ますます丸くなる。

そうなんだ。撮影が滞《とどこお》りなく進むことは、ボディガード役の探偵としては喜ばしいことなんだが、その一方で、脅迫者の正体を調査中の探偵としては手掛かりに困ることになる。事件が起こるのを望むわけではないが、どうも居心地《いごこち》が悪い。

ふと思い出して、部室のロッカーに、予備のトレンチコートを掛ける。

「今日は置いていくんですか？」

「昨夜は何もなかったし、脅迫者も諦めたのかもしれない。意外とかさばるんでね、重ね着は不評のようだし」

実はこれが罠《わな》だったりする。昨日、コートを持って帰るところは部員全員（中山麻沙美も含《ふく》む）が見ている。もしも脅迫者が映研の内部にいたとすれば、昨夜現われなかったのはそのためかもしれない。もっとも、脅迫者がコートをどれくらい重視しているかにもよるが。

打合わせに一段落がつき、明日の撮影予定を確認すると、一同は解散することになった。

「――あれ、探偵さん、帰らないの？」

部室の戸口のところで由理奈が首を傾《かし》げている。

「最重要人物たちがまだミーティングの最中なんでね。終わるまで待つことにするよ」

モニターの前では、竹井部長、草野カメラマン、鳳くん、村崎氏が何事かを話し合っている。映像は、テープの最初のほう、探偵と氷崎がお互いに軽いジャブに相当するような言葉を交換《こうかん》しているあたりだ。

「そう。じゃあね」

もう戻《もど》ってくるんじゃないぞ――。内心で声をかける。

「探偵ちゃん、こういうセリフを渋《しぶ》く言うコツ、教えてくんない？　でなきゃ、お手本でも見せてくれると助かるんだけどなぁ？」

「そいつは無理な注文だ。俺《おれ》が身につけているのは、知らないほうが心安らかに眠りに就けるような、人間の心の裏側についての少しばかりの知恵だけなんだからな」

「――つまり、ああいうふうに演《や》ればいいわけよ、鳳ちゃん」

…………。

そんなやり取りを挟《はさ》みながら、二〇分ほどして、検討課題に結論が出たのか、モニターは電源を落とされ、録画済みのテープはケースに戻された。

「部長、生徒会に言って、部室の鍵《かぎ》、直してもらいましょうよ。なんなら、あたしが直しちゃいましょうか？　大工仕事の真似事はできないわけじゃないし……」

「そうだなあ。いちおう、生徒会に言ってからのほうがいいかな」

鳳くんたちの会話を聞きながら、ロッカーを開け、中のコートを取り出して紙袋《かみぶくろ》にしまう。

「あれ、探偵ちゃん――」

「さっき、俺がコートをロッカーに置いておくと言ったのは、部員全員が聞いている。もしも、内部に脅迫者がいれば、また、コートを切り裂《さ》きに現われるかもしれない。小心なブラック・メイラーごときに負けるつもりもないが、万一の用心に持って帰る」

「ひょっとして、張り込むんですか？」

こちらに注目している八つの目をひとわたり見た後で、ウィンクする。

「――秘密は守ろう、お互いに」

昨日のことがあったので、今日は源さんへの賄賂《わいろ》はなしだ。用務員室での夜を徹《てっ》した一人きりの張込みに備えて、事務所からコーヒーの道具を持ってくる。できればCDラジカセも持ち込みたいのだが、張込みであることを考えて我慢《がまん》する。プロブレム（チェスの詰《つ》め将棋《しょうぎ》みたいなもの）は、時間潰《つぶ》しには持ってこいだけどどうも熱中しがちな性分で、あまり真剣《しんけん》になると、近所で爆弾《ばくだん》が破裂《はれつ》したって耳に入らなかったりする。仕方がないので、とりあえずは知恵の輪をいじくりながら、「凍《い》てついた都会」のシナリオを読みながら過ごすことにする。

「問題は起こさんでくれよ。それから、火の始末だけはきちんとな」

そんなことを言って源さんが帰る。警報装置は昨夜と同じように仕掛けた。静かな長い夜のはじまり――。

「探偵さん、晩ごはんは済ませた？」

静寂《せいじゃく》は、突如襲来《とつじょしゅうらい》したキャンディ・ヘッドによって破られた。

何をしに現われた――。こちらが口を開く前に、由理奈はバッグから包みを取り出し、開く。

「いくら鋼鉄の胃をもつ男でも、コーヒーだけで一晩過ごすんじゃ、体に悪いわよ。――はい、お弁当」

あの、「鋼鉄の胃」じゃなくて、「鋼鉄の意志」なんですけど……。差し出されたバスケットの中には、色とりどりの具材を挟《はさ》んだサンドイッチが見た目も美しく整然と詰め込まれていた。

視線を上げる。〝ニコニコ〟以外の形容ができそうにない笑顔で、由理奈がこっちを見ている。逃《に》げ場はないようだ。

小さくため息をついて、手前のサンドイッチを摘《つ》まみ、口に運ぶ。美味《うま》いものを口にした時、頬っぺたが落ちるとか、舌が蕩《とろ》けるというような表現が常套句《じょうとうく》として用いられるのは何故《なぜ》なのか、実感する。薄《うす》切りにしたパンの間にハムやら野菜やらを挟むだけの、料理とも呼べないようなサンドイッチという料理に、何が美味い不味《まず》いの差を生むのか。単に最高級のパンに最高級のバターを塗《ぬ》り、最高級のハムを挟んだところで、最高に美味いサンドイッチが出来るわけではあるまい。クリスピーなパンと、ジューシーな具材との鮮《あざ》やかな食感の対比。マスタードの効かせ方も申し分ない。どんなトリックを使ったんだろう。わが秘書ながら、小林由理奈という少女の真の恐《おそ》ろしさはこういう局面ではっきりする。

「——おいしい？」

こちらの表情を読んだのか、ちょっとだけ得意そうな笑顔で由理奈が尋《き》く。素直にイエスとうなずくのも癪《しゃく》だった。いや、男の美学が許さないということにしておこう。

「君はもう夕食を済ませたのか？」

「うん。急いで家に帰って、パッと済ませて、サンドイッチ作って」

由理奈がしゃべっている間にも、男の美学にお構いなく右手が次から次へとサンドイッチを口に運び、そんな右手の振る舞《ふるま》いに呆《あき》れたといった感じで、左手は時折コーヒーカップを口許《くちもと》に持っていく。

「それで君は何をしにここに現われたのかな、秘書くん？　差入れをするためだとしても、俺がここにいることが何故わかった？」

バスケットが空っぽになってから尋くあたり、男の美学もへったくれもない感じだ。

「昨日、トレンチコートを持って帰るところは部員全員が見ている。もしも脅迫者が映研の内部にいたとすれば、昨夜現われなかったのはそのためかもしれない。そこで探偵さんは罠を張ってみた。今日、コートをロッカーに置いておくと言ったのは、映研の部員全員が聞いている。もしも、映研内部に脅迫者がいれば、また、コートを切り裂きに現われるかもしれない――。そう考えたんでしょう？　そうでしょう？」

「どうしてわかったんだ？」

「簡単な推理じゃない。こんなこと、外すほうが難しいわよ。ちなみに、探偵さんが脅迫者に負けるはずはないけど、万一の用心にコートは持って帰る。違《ちが》う？」

由理奈が指差した用務員室の片隅《かたすみ》には、トレンチコートを突っ込んだ紙袋が置いてある。ため息が止められない。

「――ごちそうさま。美味かったよ」

自分の言葉が、由理奈に対する降伏《こうふく》宣言のように聞こえた。

静寂《せいじゃく》こそ破られたものの、夜が長くなることに変わりはなかった。いや、状況《じょうきょう》は昨夜より悪化していると言えるかもしれない。なにしろ、二人でやるトランプがつまらないのは、昨夜のうちに証明してしまったのだから。

それでも、今日の撮影でわかったことなどを元に推理らしきことを言い合ったりして、必死の抵抗《ていこう》を試みる。しかし、それも、小一時間といったところがせいぜいだった。

気まずい沈黙《ちんもく》が用務員室に充満する。もっとも、気まずがっているのはこっちだけで、由理奈はまるで気にしていないように見えるんだけど……。

「――コーヒーでも淹《い》れようか……」

多少は有用と思える提案をした時、電子音が響《ひび》いた。それも、罠を仕掛けた映研の部室のほうからではなく、夜の闇《やみ》に潜《ひそ》んで獲物《えもの》を待ち伏《ぶ》せている都会の狩人《かりゅうど》のポケットから。

「――早く出ないと、ガードマンに聞こえちゃうんじゃないの?」

どうしよう? 視線での問いかけに、由理奈が声をひそめて答える。うなずいて、コートのポケットから携帯《けいたい》を取り出す。

「はい、こちら七篠探偵事務所――」

『山田くん？　成田です』

緊張《きんちょう》しながら電話に出てみると、慣れ親しんだ声がスピーカーから飛び出してきた。だが、ほっと一息という気には全然なれない。むしろ、一難去ってまた一難だろう。

誰《だれ》？　今度は由理奈が目で問いかけている。しかし、答えるわけにはいかない。

『今、どこにいるの、山田くん？』

何故だ？　学校では顔を合わせるたびに文句しか言わない風紀委員長が、放課後どころか、夜の、それもかなり遅《おそ》い時間にわざわざ電話をかけてきて、孤独《こどく》な私立探偵の現在位置に興味を示すのは何故なんだ？

「ええと、今ですか？　今、私は、元気に夕食を食べ終えて、食後のコーヒーでも淹れようかなと思ってたところです」

どうしたんだい？　デートのお誘《さそ》いにしちゃ、ずいぶん遅い時間じゃないか――。せめてこれくらいの答えをするべきだった。よし、次回こそ。――いや、ちょっと待て。美樹からこの先何度も夜遅くに電話がかかってくるなんて、それはまずいぞ。

『どうしたの、変なしゃべり方して？』

「いえ、別に。私は異常ありません」

声が上擦《うわず》る。背筋が自然に伸《の》びるのを通り越《こ》して、ほとんどそっくり返っている。

『——やっぱり迷惑《めいわく》だった？　そうよね、学校であんなにガミガミ言ってるんだもん。こんな時間に電話なんかされたくないわよね』

やめてくれ！　そういう言い方はやめてくれ！　今は状況が状況だから説明できないけど、美樹が思い込《こ》んでいるようなことじゃないんだってば。

「いや、そういうことはないと思います」

『だったら、普通《ふつう》にしゃべってよ。山田くんお得意のハードボイルド調のしゃべり方でもいいから。今のしゃべり方って、まるで誰かが傍《そば》にいて、あたしと話しているのを聞かれたくないみたいなんだもの』

心臓が止まりそうになる。実は近くにいて、この部屋の様子を窺《うかが》っているんじゃないだろうな。いや、美樹はそんな陰険《いんけん》な言葉のゲームができるタイプじゃない、……と信じたい。

どうしたらいいんだ？　この業界の偉大なる先達たちも、こんな危機的状況を知恵と度胸と腕《うで》っ節《ぷし》で切り抜《ぬ》けてきたのだろうか。

と、さらなる危機的状況に気付く。こちらの様子に不審《ふしん》なものを感じたのか、由理奈が近付いてきたのだ。首を振《ふ》り、手も振って、近寄らないように合図するのだが、まるでそこに陰謀《いんぼう》の臭《にお》いを嗅《か》ぎ取りでもしたかのように、由理奈はかえって接近速度を上げた。

『聞いてる、山田くん？』

「はい、聞いてます！」

その隙《すき》に、携帯電話を二人の耳でサンドイッチにするような格好で、由理奈は耳を付けた。

『実はね、変な電話があったの。山田くんが、その、学校に泊《と》まり込《こ》んでるって。——その、小林さんと一緒《いっしょ》に』

心臓が、停止する前に爆発《ばくはつ》してしまったようだった。脳ミソも虚《むな》しく空転を続けている。

『あのね、別に、気にしてるとか、そういうことじゃないのよ。その、だって、ほら、あたし風紀委員長だから、そういうことは、やっぱり注意しないといけないなと思って。それだけよ。それだけなんだから』

何だ、由理奈、この脇腹《わきばら》を突《つ》っついてる指は？　顔いっぱいにニヤニヤ笑いを浮《う》かべて。

こちらが何をするより早く、由理奈はパッと体を離《はな》し、距離《きょり》をとると、自分の携帯を取り出してボタンを押《お》した。

『ごめんなさい、キャッチが入ったみたいだから。今の電話のこと、全部忘れてね。あ、でも、山田くんの探偵ごっこを認めたわけじゃありませんからね。その、風紀委員長として』

こちらがあうあう言っている間に、美樹からの電話は切れた。

「あ、成田さん？　小林でーす」

入れ違《ちが》いに、まるで美樹が目の前にいるかのように、由理奈は片手を挙げて挨拶《あいさつ》した。

脱力感《だつりょく》に襲《おそ》われ、携帯電話をしまい、代わりに取り出した知恵の輪にしばし勤《いそ》しむ。

風紀委員長・成田美樹は、私立探偵にとっては天敵のような存在だ。だが、私立探偵の秘書である小林由理奈は、彼女《かのじょ》と女の子らしいおしゃべりを楽しんでいた。たわいもない話題ばかりだけど、よくもあれだけ次から次へと出てくるものだ。ひょっとしたら女の子は、男と話す時と女同士で話す時とでは、脳ミソの別々の部分を使っているのかもしれない。

「それじゃ、また明日《あした》。バイバイ」

一時間ほどが過ぎ、今度は手を振って、由理奈は電話を切った。

「礼を言うよ、助手くん。君の機転のおかげで、ピンチを切り抜《ぬ》けられた」

知恵の輪をしまいながら言う。これは、正直な気持ち。

「安心するのは、まだ早いんじゃない、探偵さん？　タイミングが良すぎるあたしからの電話に、成田委員長はなおさら疑惑《ぎわく》を深めたかもよ？　また、かかってきたりして」

シャレになんないぞ、それは！

「真面目《まじめ》な話、今夜は帰ったほうがいいかもしれないな、小林くん」

「もう、真夜中近いよ。これから一人で帰るのと、探偵さんと一晩一緒にいるのと、どっちが危ないかな？」

い……いじめっ子！

「――わかった。家まで送ろう」

「それって、引き受けた仕事を放棄《ほうき》することになるんじゃないの？」

それは百も承知だけど、やっぱり、さ。現代の騎士《きし》だって、姫君《ひめぎみ》のためにいるんだと思いたい。たとえそのお姫さまが、キャンディの包み紙みたいな髪形《かみがた》をして丸いメガネをかけた、推理マニアでおチビのシンデレラだったとしても――。

「ところで、成田委員長に電話したのって、誰だと思う？」

思ったことがきちんとした言葉になる前に、由理奈が先に口を開く。

「部室を覗《のぞ》いてきたほうがいいんじゃない？　タイミングが合い過ぎてるかもしれないけど、脅迫者が探偵さんを牽制《けんせい》させるために、成田委員長に密告したのかもしれないわよ」

ため息ひとつ。やはり小林由理奈は推理の申し子なのだった。

運動部の朝練が始まるより少しばかり早い時間に由理奈は起きて、用務員室を出ていった。

昨夜は、あの後すぐ、由理奈の助言に従って、映研の部室まで確認に赴《おもむ》いたけれど、残念ながら、いや、幸いなことに、侵入《しんにゅう》された形跡《けいせき》はなかった。机、ミーティング用のテーブルと椅《い》子《す》、ビデオデッキとモニター、コートが入っていることになっているロッカー、そして警報装《そう》置《ち》。ミニマグライトで一つずつ照らしながら確認した。やっぱり異常なし。

秘書くんの推理（脅迫者が探偵さんを牽制させるために、成田委員長に密告したのかもしれないわよ）は、いわゆる考え過ぎというやつだったわけだ。——いや、ほんとうにそうか？　どこかに違和《いわ》感が残った。確かに、映研の依頼《いらい》を受けた私立探偵が秘書と一緒に学校に一泊《いっぱく》したなんてことがおおっぴらになれば、ちょっとしたスキャンダルだ。クレームをつけたがる連中が知ったら、映画も制作中止ということになるかもしれない。しれないが……。

釈然としないものを抱《かか》えたまま、用務員室に戻った。新たな推理でも強要されるかと思っていたんだけど、一二時過ぎても帰り損ね《そこ》たシンデレラ姫は、寝袋《ねぶくろ》の中に埋《う》まっていましたとさ。

由理奈の背中を見送った後、やるべきことを思い出して、カフェインぼけの頭を叩《たた》きながら、映研の部室に行く。警報装置を外さないと、誰かが引っ掛かるかもしれない。ついでに、紙袋の中のコートをロッカーに戻《もど》しておこうかと考える。昨日、解散前に言ったことと辻褄《つじつま》を合わせるためには、戻しておいたほうがいいのは確かだ。しかし、コートにペンキをかけたり、あるいは火を点《つ》けるだけなら、授業の合間の短い休み時間でも事足りる。予備はもう一着あるが、しかし、こいつに何かあったりしたら、ちょっと痛い損害だよな——。ああ、男の美学を支えるのは、美学からは限りなく遠いソロバン勘定《かんじょう》だったりする……。

「──おはようございます、山田さん」

頭のなかでソロバンの珠《たま》を弾《はじ》いていたとは悟《さと》られないように、表情を引き締《し》めてから振り向く。肩《かた》からバッグを掛けた制服姿の鳳くんが立っていた。

「早いな。女優に睡眠《すいみん》不足は大敵じゃないのかい？」

「誰が女優ですか」

白い歯を見せる。

「おっはよう、鳳ちゃん、探偵ちゃん」

竹井部長登場。

「どうも」

草野カメラマンと、村崎氏も早々と登校してきた。罠《わな》を仕《し》掛《か》けたことを知っているので、やはり気になるのだろう。朝っぱらから、ちょっとした見せ場（しかも鋭《するど》い突《つ》っ込みを見せる秘書抜《ぬ》き）だ。──目やに、付いてないだろうな。

「朝早く駆《か》けつけてくれた諸君には悪いが、脅迫者《きょうはくしゃ》は罠にかからなかった」

あれ、見せ場だと思ったのに、ひょっとしたらガッカリさせちゃったのかな？　さて、皆《みな》さん──なんて出だしを期待していたわけじゃないと思うんだけど。

「そうですか。でも、怪我《けが》とかなくて、良かったですよ」

鳳くんの言葉に、ちょっと救われる。

「――そうだ、これ、よかったら食べてください。おにぎりと、天そば用の天ぷらとかちょろまかしてきたのが入ってます」

紙包みを渡《わた》される。何か、この事件を引き受けてから、妙《みょう》に待遇《たいぐう》がいいよな……。

「……さん……さんってば……いつまで寝ているつもりなの、二年B組・山田太一郎くん！」

いっぺんに目が覚めた。デスクの前では、由理奈が胸を反らし、メガネフレームに片手を当てて、こっちを見ている。成田美樹の物真似のつもりなんだろう。

「おはよう、秘書くん」

鳳くんが差し入れてくれたでっかくて、ちょっと不細工で、少ししょっぱいおにぎりをご馳《ち》走《そう》になってから、つい、うとうと眠り込んでしまったらしい。わが秘書に話したら、さっそく睡眠薬が仕込まれていた可能性について検討するんだろうな。

「もう、お昼休みだよ。――そんなに徹夜《てつや》が堪《こた》えたの？」

不寝番《ふしんばん》を務めた現代の騎士の苦労なんて、現代の眠り姫には判らないんだろうな。

不意に由理奈が身を屈《かが》める。

「探偵さん、ご飯粒《はんつぶ》ついてるよ、頬《ほ》っぺたのとこ」

まずい。指先でご飯粒を取り、しげしげと眺《なが》める。なんでこんなものがついているのか、まるで訳が判らないという表情をして。

「――ご飯粒って、眠ってる間に勝手に張り付いたりするもんなのかな？」

「何を寝ぼけたことを言ってんのよ、探偵さん。濃《こ》いコーヒーでも飲んで、頭をしゃきっとさせたら？」

いや、もうカフェイン中毒になるくらい飲んだから、ちょっとやそっとのコーヒーは通用しないんじゃないかな――。頬のご飯粒の来歴について追及《ついきゅう》がなかったことに、胸を撫《な》で下ろす。

「あれ、コーヒーの道具は？」

淹《い》れてくれるつもりだったとは、珍《めずら》しい――。由理奈の指差すほうを見る。所定の位置――窓際に置かれたロッカーの上にいつもあるはずのコーヒーの道具一式がない。

「――そうだ、源さんのとこから持って帰るのを忘れてたんだ」

「急いで取り返してきたほうがいいんじゃない？　昨夜、用務員室に探偵さんが一泊した情況証拠《しょうこ》にならないこともないんだから」

由理奈のセリフが終わらないうちに、足のほうが勝手に事務所を飛び出していた。

コーヒーの道具は無事に回収できた。念のために源さんに確認したが、成田美樹は現われなかったそうである。今回の事件、女の子から差し入れがあったりする反面、調査やボディガードといった本来の仕事以外のところで余分な神経と労力を使い過ぎているような気がする。

それでも気になって、映研の部室まで足を伸《の》ばす。昼休みとは言っても、教室も学食も購買《こうばい》部もないこのへんは、学生もあまり来ない。部室の前では大工が鍵《かぎ》を修理中だった——。

「——貧乏探偵が自分で事務所の修繕《しゅうぜん》をする場面を撮《と》ることが急遽《きゅうきょ》決まったのかい?」

「からかわないでくださいよ、山田さん」

大工に見えたのは、体育の後なのか、白いシャツに紺《こん》のスパッツという体操着姿の鳳くんだった。ごていねいにタオルで鉢《はち》巻《ま》きをしているので、遠くから見たら若い大工さんである。

「どうもどうも、探偵ちゃん」

部室の中には部長やカメラマンもいた。

「おにぎり、うまかったよ。——手伝おうか?」

「いえ、もう終わりますから」

戸と、反対側の柱に金具をねじ釘《くぎ》で取り付け、そこに錠前《じょうまえ》を通して留《と》めるようにする。とりあえずの応急修理ということらしい。鳳くんは手際よく作業を終え、実際に錠前を通し、鍵をかけて、不都合がないのを確認した。鍵は部長が預かる。

「器用なもんだな。女優にも蕎麦屋《そばや》さんにも見えないよ」

「こういうのも嫌《きら》いじゃないんですよ。自転車のパンク修理くらい自分でやるし」

「メカに強いなんて、いかにも現代の私立探偵らしくていいじゃないか」

「ほんとうは、裏方志願だったんですよ。前にテレビで映画の撮影現場のドキュメンタリーを見たんですけど、レフ板って持ってみたいなあって思って。あと、カチンコを鳴らすのにも憧《あこが》れますね。――本番いきます。ヨーイ、カチン」

「それなのに、不本意ながら主演女優というわけだ」

「いや、楽しいですよ。ただ、ちょっと困ってるのが、ビリヤードの場面ですね。野球くらいだったら、なんとかなるのに」

「鳳くん、危ないよ。先が尖《とが》ってるから」

草野氏の言葉に、一瞬《いっしゅん》きょとんとした鳳くんだったが、頬を掻《か》いているドライバーのことだと気がついて、道具の後片付けを始めた。

「さて、探偵ちゃん、今日も放課後は予定どおりにいくから、よろしくね。――草野ちゃん、飯食って、グラウンド」

五時限めは体育か。忙《せわ》しなく、部長とカメラマン退場。予定どおりなら、今日は屋上で、〝探偵〟と社長秘書の対決シーンを撮る。アクアスキュータムにも本番が巡《めぐ》ってくるわけだ。

撮影は中止になった。盲点《もうてん》を突《つ》かれた。いや、ある意味ではわが秘書の言っていたことが正しかったことになるわけだが。

「――つまり、体育の授業が終わって教室に戻ってくると、ロッカーからビデオカメラがなくなっていて、代わりにこの紙袋《かみぶくろ》が入っていた、と」

草野カメラマンの言ったことをまとめて、確認をとる。草野氏は固い表情でうなずいた。最も重要な、なおかつ高価な機材が消えていたという状況《じょうきょう》に臨んで、草野氏が大騒《おおさわ》ぎしなかったことは評価に値するだろう。校内で、高価な品物が紛失《ふんしつ》したことが公になり、さらに盗難《とうなん》の可能性があるとなれば、騒ぎになり、撮影に良い影響《えいきょう》が出ないことは明らかだったからだ。

「開けても、いいかな」

映研の部室。中央に置かれたミーティング用の机のさらに真ん中に置かれた紙袋を指して尋《き》く。集まった部員全員が注目していたにもかかわらず、答えはなかった。すなわち黙認《もくにん》と判断し、紙袋に手をかける。クリーム色の地にオレンジ色のチェックの模様の入った手提《てさ》げ型。ただし、店名のロゴなどは入っていない。手提げ紐《ひも》の間が一か所、セロハンテープで留めてある。新たな脅迫の材料？　拳銃《けんじゅう》とか、動物の死骸《しがい》とか？　生首なんかが出てきたら、悲鳴をあげない自信はないぞ。

軽い紙袋の中身は、鮮《あざ》やかなピンク色のワンピースだった。フリルやらレースやらリボンやらのたくさん付いた、見ているだけで尻《しり》がムズムズして居心地が悪くなりそうな代物だ。

「カワイイ――」

わが秘書は、情況への適応力に優れているらしい。

袋の中身はワンピースだけではなかった。細かい刺繡《ししゅう》の入った白いハイソックス。リボンと金色の飾《かざ》りボタンの付いた赤い靴《くつ》。リボンフラワーをあしらったヘアバンド。全部、まっさらの新品らしい。下着の類はない。――別に期待していたわけではないけれど。

そしてもう一つ。薄茶色《うすちゃいろ》の事務封筒《ふうとう》に入った四つ折の紙。広げる。パソコンのプリンタで打ち出したらしい簡潔な文章。

「ビデオカメラは預かった。無事に返してほしければ、主演女優は同梱《どうこん》した服を着て、校内を一周しろ。さもなければ、カメラは修復不可能な残骸《ざんがい》になる」

「つまり、質草ってわけか――」

「物質《ものじち》でしょ!」

…………。

「最初の脅迫状と同じかな?」

文面を示す。竹井部長は、丸い顔を縦に振《ふ》った。

さて、困った。カメラの持ち主である草野氏は、当然、自分の愛用するカメラを無事に返し

てもらいたいだろう。映研の部員たちも、自分たちの作品を無事に完成させるためには、カメラが無事に返ってこなければ困る。いよいよとなれば、別のカメラを用意するという手はあるにしても、カメラマンの精神的ダメージとか、有形無形の障害が出ることは避《さ》けたいはずだ。

そこで問題になってくるのは、鳳くんなんだが——。

「なんとか、脅迫状の要求に従わないでも丸く収める方法がないかな、探偵ちゃん？」

いちおう、ワンピースを調べる。着た人間に害を及《およ》ぼすような仕掛がしてあるんじゃないか。靴も、それこそ画鋲《がびょう》でも入ってるんじゃないかと手を突っ込み、逆さにして振る。

「すごーい」

「何がすごいんだ、秘書くん？」

緊張《きんちょう》感のない由理奈のつぶやきに突っ込みを入れる。

由理奈が、キャンディ頭を振りながら解説したところによると、このワンピースは有名なブランドのものなのだそうだ。ただし、主にローティーンが対象で、また「乙女《おとめ》ちっく」系のイメージで統一されている（これは、改めてワンピースを広げて眺《なが》めてみて、納得《なっとく》した）。

「——なるほどな」

つまり、どう考えても鳳くんはこのブランドの顧客《こきゃく》の対象から外れる。にもかかわらず、サイズがぴったりだとしたら、〝すごい〟という評価も的外れではないわけだ。まあ、本人の前で口に出すのは、ちょっと……。

「あたしに合うサイズなんて、よくありましたね」

あらら。本人が言っちゃうんだもんな。

「子どもの頃《ころ》から、おふくろが嘆《なげ》いてたんですよ。サイズの合う、かわいい服がないって」

慣れっこってことか。

「これを着て、校内を一周すれば、草野先輩《せんぱい》のカメラは無事に戻《もど》ってくるんですよね？」

「保証はない。しかし、他にできることもない。誰《だれ》も、君に強制はできない」

「いいですよ。ちょっと恥《は》ずかしいけど。校内一周って、一階から五階まで行って戻ってくればいいんですよね？」

「ごめんね、鳳ちゃん。でも、草野ちゃんのカメラがないと、画のクオリティが保てないし」

ため息まじりでうなずいた鳳くんと、着替《きが》えの手伝いを担当する由理奈を残して、その場にいた人間はいったん室外へ出た。

「草野さん、ロッカーの鍵《かぎ》は？」

「もちろん、かけてましたよ。カメラが入ってるんですから、当然です」

だよな、普通。もっとも、多少の技術があれば簡単に開けられる程度の錠前《じょうまえ》だけどね。

いいですよと声をかけられて、一同はまたゾロゾロと部室に入った。

「こんなになっちゃいました」

ヘアバンドを付けた頭を掻《か》きながら鳳くんが言う。ピンクのひらひらワンピースが似合っているとはお世辞にも言えないが、逆に、恐《おそ》れていたほど変な格好でもなかった。基本的に、サイズは合っているのだ。ただ、本人のキャラクターに合っていないのだ。髪形《かみがた》とか、姿勢とか。だいたい、こういう服を着た女の子は、照れ隠《かく》しに頭を掻いたりしないだろう。

「せめてスパッツだけは見逃《みのが》してほしかったんですけど……」

ああ、妙《みょう》に内股《うちまた》なのは、そのせいか。

「じゃあ、とっとと校内一周してきますね」

「部長、それから男子諸君は、鳳くんを守ってくれ」

「探偵ちゃん、ボディガードしてくれるんじゃないの？」

「脅迫者は、自分の要求が受け入れられたかどうか見ているはずだ。それを探す」

「駄目《だめ》よ、探偵さん。その格好で走り回ったら逃《に》げられちゃうって。あたしが探すから、探偵さんは鳳くんをがっちりガードして」

「恋人同士には、見えませんよね？」

らしくもないことを鳳くんが言う。体を覆《おお》っている布地と同じくらいの量の布地がひらひらふわふわした飾りになっている服が落ち着かないんだろうな、妙に口数が多い。まだ二階の廊《ろう》下《か》。行程の半分も来ていない。

「君と恋人同士に見られるなら、光栄だね」

服装《ふくそう》だけ見れば、恋人同士というより親子、由理奈に言わせればロリコン変質者が小さな女の子を騙《だま》してさらっていくところ、あたりになるんじゃないだろうか。もっとも、ともに身長一八〇センチ前後というカップルでは、どちらにも当てはまりそうにないが。

放課後の校内。それでも注目を集めてしまう。もっとも、からかう奴《やつ》、あるいはからんでくる奴はいない。物珍《ものめずら》しそうな視線を無遠慮《ぶえんりょ》に注いでくるだけだ。そういう奴は、こっちから睨《にら》み返す。それだけでほぼ解決。

ほんとうなら、一階から五階まで全速力で駆《か》け抜《ぬ》けさせてやりたいところなんだ。しかし、それでは脅迫者の手掛《てが》かりが摑《つか》めない。相手の要求に従いながら、同時に一種の囮捜査《おとりそうさ》も進める。そのための非情の決断だった。――カッコ良く言えば。

距離《きょり》をおいて、竹井部長や草野カメラマンをはじめとする男子部員がついてくる。何かあった時にはすぐに対応する構えだ。女子部員も遠巻きにしながら、怪《あや》しい奴がいないか目を配っている。そして、ここからは見えないが、わが助手も脅迫者を見つけ出すべく走り回っているはずだ。

歩きながら、鳳くんはしきりにスカートの裾《すそ》を気にしている。どういう仕掛なのか、制服のスカートと違って、裾がふんわりと開いているのだ。

「何が楽しいんでしょうね、こんなことさせて。嫌《いや》がらせのつもりなんでしょうか？」

「嫌かい、そういう格好は？」

「なんか落ち着かないし、あたしには向いてないと思うんですよ」

「確かに人間、自分の性分に向いている格好をするのが一番だ」

「山田さんは好きなんですか、トレンチコートが？」

「——別に何を着ていても、中身が変わるわけじゃない。現代流の騎士道《きしどう》精神に変わりはないさ。ただ、現代の騎士を必要としている人間に、俺《おれ》がその現代の騎士だって一目で判らないと困るだろう？　だから、こんな格好をしてるのさ」

そうだったのか……。現代の騎士のスタイルに、そんな理由があったとは。自分でしゃべっていて、初めて納得《なっとく》がいった。

「何をやっているの、二年B組・山田太一郎くん、一年D組・鳳美蘭さん！」

天敵は、忘れた頃《ころ》にやってくる——。昨夜の電話が嘘《うそ》のように、成田美樹は〝ギラッ〟という擬音《ぎおん》の描《か》き文字を背負っているかのような雰囲気《ふんいき》で、二人の前に立ち塞《ふさ》がった。

恐《こわ》いというより、恥《は》ずかしいのだろう。鳳くんが身を縮《ちぢ》めている。

「何って、リハーサルですよ、当然」

なるべく平然と答える。

「あたしが確認したシナリオには、こんな場面はなかったわ」

うーむ、わざわざシナリオを確認したのか、風紀委員長。

「映画っていうのはね、撮影が進むうちに、多少の変更《へんこう》は出てくるんですよ。だから、出来上がった段階で、改めてチェックしてもらう。違いますか？」

「配役の変更もあったのかしら。鳳さんは、その、……私立探偵の役だったはずじゃない？」

私立探偵という単語を、美樹は実に言いづらそうに言った。

「見てわかりませんか？　探偵は、変装してるんですよ、変装」

こらこら、変装しているはずの本人が吹き出しちゃ駄目《だめ》だろ、鳳くん。だが、竹井部長たちも同様の反応を示している。

「じゃあ、どうしてリハーサルに部外者が混じっているの？」

レンズの奥《おく》の突《つ》き刺《さ》さるような視線がこちらに向けられる。

ぐっと渋《しぶ》い表情を取り繕《つくろ》ったうえで一歩前に出て、美樹に右手を差し出す。

「自己紹介《しょうかい》が遅《おく》れました。ハードボイルド考証担当の山田です」

後ろで、堪《こら》え切れなくなって吹き出す奴がいる。腹を抱《かか》えてうずくまっている女子もいる。

いや、鳳くんまで口許《くちもと》を押《お》さえて後ろを向いた。この場で笑っていないのは、二人だけだった。

やっぱり、探偵って孤独《こどく》だ……。

校内一周が終わり、部室に駆《か》け込《こ》んだ鳳くんは、まずスパッツを履《は》いてから、制服に着替《きが》えたらしい（この目で見たわけじゃない、もちろん）。その間に、由理奈が戻《もど》ってきたが、何も言うなと目で合図する。

「カメラがないんじゃ撮影できないんで、とりあえず今日は解散ということで――」

部長の宣言で、一同解散となる。部員たちは何となくその場から立ち去りがたい様子だったが、三々五々、帰っていった。あとには竹井部長と草野カメラマン、鳳くん、そして由理奈を入れた五人だけが残された。

「鳳ちゃんに恥ずかしい思いしてもらったんだから、カメラはちゃんと返してほしいなあ」

「どうやって返すつもりなんでしょうね、山田さん？」

こちらが部長に何か言う前に、鳳くんが尋《き》いてくる。

「草野さん、もう一度、ロッカーを見せてください」

「犯罪者は犯行現場に戻ってくるから、今夜はロッカーの前に張り込むなんていうんじゃないでしょうね」

何故《なぜ》か五人とも、五階の廊下に置かれたロッカーの前に来た。教室の椅子《いす》や机と同じく、学校の備品。鍵の管理が面倒《めんどう》くさいので、学生は三年間、同じロッカーを使うことになっていて、進級時にはロッカーも新しい教室の廊下に移動させる。主の卒業したロッカーを自分たちの教室の前まで持ってくるのは、入学式直後の一年生の仕事だ。

そんなふうに何年も使い回され、時には廊下を走った奴にぶつかられたり、物をぶつけられたりしているロッカーだ。すでに傷だらけで、新しく加わった傷があってもわからない。

「グラウンドから戻ってきた時には、鍵はかかっていた？」

「かかってました」

鍵穴やその周辺を念入りに見る。こじ開けたりした痕跡《こんせき》は見当たらない。きちんと鍵はかかる。抜け穴のようなものもない。たいした怪盗《かいとう》だ。返す時も、誰にも見つからないうちにこの中に戻しているかもしれないな。

四人の視線を背中に感じながら立ち上がる。判ったことは何もない。肩《かた》をすくめるしかなかった。

「――送っていこうか？」

鳳くんは首を横に振《ふ》った。

事務所に戻る。なんか、この部屋に来るのもひさしぶりって気がするのは何故なんだろう？　コーヒーを淹れている間に、由理奈がデジカメの中身をプリントアウトする。さらに、縦割にした七篠高校校舎の大雑把《おおざっぱ》な図を黒板に描く。そして、吐《は》き出された写真を、該当《がいとう》する場所に張り付けていく。

「それらしいっていうか、怪しい奴は見つけられなかった。とにかく、鳳くんのまわりにいる人間の写真は片《かた》っ端《ぱし》から撮《と》ったから、観察力と推理力で、犯人を見つけ出してね、探偵さん」

そう言われたってね……。

写っているのは、ほとんど学生ばかりだ。それだけで言うなら、怪しい奴なんて見当たらない。例えば、ずっと鳳くんのあとをつけているとか、不審《ふしん》な行動をとっている奴もいない。

「それにしても、脅迫者《きょうはくしゃ》の奴、どうして直接映画制作の中止を要求しなかったんだろうな」

写真とのにらめっこに疲《つか》れたので、コーヒーに手を伸《の》ばしながら、由理奈に言う。

「そうねえ……。存在しないことの証明は難しいって言うけど、制作中止を脅迫者に判るような形でやるのって難しいじゃない。だから、映画を作る気にならないように映研を精神的にズタボロにしようとしているんじゃないのかな？」

「いや、撮影中止だけだったら、生徒会に圧力をかけるって手もある。確実性で言ったら、そのほうが確実じゃないか？」

「映画制作の中止が目的じゃないってことなの？　例えば、鳳くんに対する嫌がらせとか」

そもそものきっかけとなったトレンチコートへの悪戯《いたずら》も、見方を変えれば、撮影妨害《ぼうがい》ではなく、衣装を傷つけることで鳳くんに対して嫌がらせをしたと考えられなくもない。

「ああ、でも、鳳くんに嫌がらせをするのが目的なら、あたしと探偵さんが一晩、ううん、二晩いっしょに過ごしたことを成田委員長に密告した理由が判んなくなっちゃうわね」

忘れていた厭《いや》なことを思い出させてくれる、由理奈はほんとうに有能な秘書だ。

「チッチッチッ、判ってないな、秘書くん。私立探偵に対する彼女の尊敬と信頼《しんらい》の感情が、いつの間にか好意に変わっていたということは充分に考えられることじゃないか」

「あたしは考えられないけどな」

「その私立探偵の傍に、実は深い仲の女性がいた」

「深かったっけ、あたしと探偵さんって？」

「いや、まわりがそう誤解《ごかい》するのも無理はない。どんな女性にとっても恋《こい》せずにはいられない、魅力《みりょく》的な私立探偵なんだから」

「はあ……？」

「その女性との深い関係がおおっぴらになったら、探偵にほのかな思いを寄せていた鳳くんの心中はいかばかりのものだろうか？」

「前提が間違《まちが》ってるんだから、結論が正しいわけないでしょ、探偵さん」

「そう、少女の淡《あわ》い恋を踏《ふ》みにじる。これ以上の嫌がらせはあるまい。許さん。俺《おれ》はこの卑劣《ひれつ》な脅迫者を絶対に許さんぞ！」

「——無茶な理由で怒《いか》りを燃やされる脅迫者に同情するわ、あたしは」

ため息まじりの由理奈の言葉に、探偵は孤独を嚙《か》み締《し》めたのだった。


結局、一晩、由理奈の撮った写真とにらめっこしても、これという手掛《てが》かりは得られなかった。いや、気付いていないだけなのかもしれないけど。

朝一番で映研の部室に行き、鍵《かぎ》に異常がないことを確認してから、二年A組の教室に行く。みずから模範《もはん》的な学生生活を送ることでも学園の風紀を守ることに貢献《こうけん》しようとしている風紀委員長は、しかし、一時限めの準備ではなく、読書の最中だった。

「おはよう、委員長」

帽子《ぼうし》を取って挨拶《あいさつ》する。最低の常識はわきまえていることの表現のつもり。ページの間に鼻を埋《うず》めるような格好で読書に没頭《ぼっとう》していた成田美樹は、こちらを見るなり、表情を尖《とが》らせた。

「授業を受ける気があるなら、きちんと学生服を着て——」

「着てる、実は、コートの下だけど」

「──学生服以外には余計な服を着ないで、教室で予習でもしてなさい」

「一昨日の電話のことです」

あ、風紀委員長でも、怒《いか》り以外の感情で顔が赤くなることがあるんだ。

「あのことは忘れてって、言ったでしょ！」

訂正《ていせい》。やっぱり怒《おこ》ってる。

「かけてきたのは、誰《だれ》ですか？　知っている声でしたか？」

「どうして、そんなことを──」

捜査《そうさ》上の秘密、と言いかけて、言葉を呑《の》み込《こ》む。

「いや、俺のファンの女の子のイタズラだったらね、ちょっとお尻《しり》をペンペンしてやろうと思って」

美樹の縁なし眼鏡《めがね》のレンズが、触《さわ》ったら突き刺さりそうなほどに尖ったように見えた。

「残念ながら、電話は男の声だったわよ。名乗らなかったし、あたしは初めて聞く声だったから、どこの誰なのかも知りません！」

退却《たいきゃく》。どこの誰かもわからない奴《やつ》の密告を信じて電話をしてきたというのは、風紀委員長の行動としてはかなり問題ではないかと思わないでもなかったけれど、とりあえず黙《だま》っている。

美樹に電話をした奴が、映研にちょっかいを出してきた奴と同一人物ならば、容疑者は半分に絞《しぼ》られたことになる。——男。

階段を昇り、竹井部長や草野氏のクラスに行く。廊下《ろうか》に置かれたロッカーの前で待っていると、草野氏はビデオカメラの入っているらしいバッグを肩《かた》から提げて登校してきた。

「カメラ、戻《もど》ってきたのか？」

「いや、これは予備です。うちには戻ってこなかったし——」

「部室のほうは、部長が来たら調べてもらおう」

「でも、撮影は続行しなくちゃいけないから——」

「おはよう。変化なし？　あ、すごい、ＰＶＣ７０７Ｓじゃないですか！」

挨拶して、状況《じょうきょう》を尋《たず》ねて、草野氏のカメラに歓声をあげる。わが秘書は、朝っぱらから果てしなく元気なのだった。

「何だ、その、ＰＶＣ７０７Ｓって？」

レンズの奥《おく》の目をキラキラさせている由理奈の肩を突《つ》っついて、尋《き》く。

「昨日盗《ぬす》まれたカメラがプロ仕様のＰＶＣ５０５。これは、その上位機種で、ずっと高性能なのよ。実物見るのは、あたしも初めてなんだけど、確かに草野先輩《せんぱい》って筋金入りのマニアね」

由理奈の声にはうっとり感がにじみ出ている。このコートが、昨日まで着ていたアクアスキユータムよりも高級なものだと言っても、ここまでうっとりはしてくれないだろう。マニア心は、マニアにしか判らないってことか。

マニアとプロの差異について考察を巡《めぐ》らせている間に、草野氏はロッカーを開けた。やはりカメラは戻っていない。

「今日は体育もないんで、こいつは肌身離《はだみ》さず、ずっと持ってますよ」

中に何も入れられないまま、ロッカーの扉《とびら》は閉じられた。

竹井部長が来たところで部室に行き、鍵を開けてもらう。ロッカー、机の抽斗《ひきだし》まで開けてみたが、カメラは戻っていなかった。

今度は一年D組の教室に行く。どうやら鳳くんは、普通《ふつう》に登校してきたらしい。視線が合った時にちらっと挨拶だけして、事務所に戻る。

その後の調べで判ったことは、鳳くんをはじめとする出演者の体のサイズは、衣装《いしよう》をあちこちからかき集める関係上、部員なら誰でも知ることができたということ。ひらひらワンピース他の合計が半端《はんぱ》な金額ではないこと（何とかいうブランドのホームページを覗いて由理奈が調べた）。そんなところか。

「要求に応じたからカメラが返ってくるもんだって、勝手に思い込んじゃってたけど、昨日の脅迫状には、いつカメラを返すかなんて書いてなかったもんね。――壊《こわ》されてなきゃいいけど、PVC505」

「カメラの心配より、鳳くんの心配をしろよ。まだカメラが脅迫者の手許《てもと》にあるなら、要求がエスカレートする可能性だってあるんだぜ」

「そのために探偵さんがいるんじゃない」

こういう時だけズバリ正論を言う由理奈はずるいと思う。それでやる気になっちゃう私立探偵も充分に馬鹿《ばか》だと思うけど。


厭な予感ほど当たるものだ。いや、正確に言おう。ろくでもないことほど予想を越《こ》える。

「水着、ですよね?」

鳳くんがつぶやく。誰も答えない。鳳くんだって、誰かからの返事が欲しかったわけじゃないだろう。

部室の机の上に置かれているのは、確かに水着だった。きれいなローズピンクのビキニ。フリルや、花飾《はなかざ》りなどもあしらってあり、どこか、昨日のひらひらワンピースと共通するものが感じられる。

「へえ、けっこうハイレグね。——サイズは……ゲッ、ピッタリ」

恐れげもなく水着を取り上げて検分していた由理奈がつぶやく。女子高生が「ゲッ」はないだろ——じゃなくて、サイズがピッタリ。そのサイズっていうのは、つまり、七篠高校映画研究会が文化祭に出品する映画の主役に抜擢《ばってき》された鳳美蘭くんのサイズだよね。これくらいは推理のうちに入らない。

放課後、映研の部員たちはおっかなびっくり部室に集まった。そして、ミーティング用の机の下の紙袋《かみぶくろ》を見つけたというわけだ。中に入っていたのはピンクのビキニ。白いビーチサンダル。そして、昨日のワンピースに添《そ》えられていたのと同様の脅迫文だった。

「ビデオカメラを無事に返してほしければ、主演女優は同梱《どうこん》した服を着て、校内を一周しろ」

誰も何も言わない。言えないんだろう。こんなセクハラまがいの要求、断固拒否したいんだが——。

「ちょっとさ、探偵くん——」

沈黙《ちんもく》を破ったのは村崎氏だった。

「君が犯人を突き止めてれば、こんなことにならずに済んだんじゃないの？　カメラを盗まれることも、鳳ちゃんが変なことを強要されることもなしに済んだんじゃないの？」

はっきり口に出しこそしないけれど、この場にいる人間のほとんどがそう思っているだろう。

「犯人の見当もつけてないし——」「ボディガードとしても役に立ってないし——」「やっぱり文化祭は無理なんじゃないの——」「喜んでるのは探偵だけかよ——」

「やります、あたし」

ざわめきのなかで、きっぱりと鳳くんが言う。

「ヌードだったら考えちゃいますけど、水着でしょ、水着。人様にお見せするようなものじゃないけど、いいですよ、とっとと片付けちゃいましょう。今日はカメラがあるんだから、撮影もしなくちゃいけないいし、こんなことで時間が潰《つぶ》れるのは馬鹿みたいじゃないですか。その代わり、学校を一周するだけ、今日は全力疾走《しっそう》ですからね」

他の部員を外に追い出すと、部室の戸がピシャッと閉められる。今日は由理奈の手伝いはなし——と、キャンディ頭はいきなり廊下を走っていった。あの方向だと、用務員室、応接室、昇降口、事務室等がある。しかし、今の状況に関係あるとは思えないんだけど——。

「また、風紀委員長が文句をつけに出てくるのかなあ」

カメラを撫《な》でながら草野氏が言う。悪条件は重なるもんだ。特にわが天敵は、現われてほしくない時にはほぼ確実に現われる。本人が現われない時には電話をかけてきたりして。

「部長、今日はカメラがありますから、カメリハってことにしましょうか」

「そうだねえ。そういうことにしとくかね」

こんなことをさせて、犯人は何が嬉《うれ》しいのだろうか。部長とカメラマンの意外にのんびりした会話を聞きながら、考える。

「いいですよ」

鳳くんの声と同時に、部室の戸が開けられる。あ、ひょっとしたら嬉しいかも――。

七篠高校のセーラー服はもちろんのこと、アクアスキュータムのトレンチさえ無粋《ぶすい》な衣装だったのかもしれないと思ってしまう。ビキニの鳳くんはすごく魅力的だった。人様にお見せするようなものじゃないなんて、謙遜《けんそん》もいいところだ。しなやかに伸《の》びた手足。身長があるから目立たなかったけれど、胸のふくらみだってかなりなものだ。難を言うなら、健康的な浅黒い肌《はだ》の色に、ローズピンクがいまひとつ合っていないことだろうか――なんて、気楽かつ無遠慮《ぶえんりょ》に鳳くんの水着姿の品評をしていられる立場でもないし、場合でもなかった。たぶん、いや、確実に、犯人は彼女を見ている。

「行きましょう、山田さん。こういう心細い格好なんで、ガードはお願いしますよ」

手の置き場所に困っているのだろう、やたらに手のひらを開いたり閉じたり、頭の後ろにやったり体の前にやったりしながら鳳くんが言う。

「ちょっと待って――」

行った時の三割増しくらいのスピードで、わが秘書が駆《か》け戻ってきた。手に何かひらひらと細長いものを持っている。

「これ、肩から、斜《なな》めに、掛けて、鳳くん……」

肩で息をする由理奈から受け取ったものを、鳳くんは素直に左肩から腰《こし》の右側へ、斜めに掛けた。幅一〇センチくらいの太い紙テープで作った大きな輪っかのようなものだ。テープの両側の縁《ふち》は赤く塗《ぬ》られ、真ん中の白い部分にはフェルトペンの太い文字で、〝七篠高校映研・最新作「凍《い》てついた都会」11月3日大公開!!〟と書いてある。たぶん、事務室で要らない紙やらペンやらセロハンテープやらを借りて作ったのだろう。ごていねいに、ティッシュペーパーで作った花まで三つ四つくっついている。

「多少は、カムフラージュに、なるんじゃない？　言い訳にも、なるし……」

水着の女の子（それも主演女優）がこんなものをつけて歩いていたら、まあ、映画のキャンペーンということで、おかしくはないよな。それも由理奈の狙《ねら》いのうちなんだろうけど、幅一〇センチ程度の帯が掛かっただけで、水着だけの時よりも露出の度合が低く感じられるし。

「――かえって、まずいんじゃないですか、部長？　宣伝なんか許可していないって言われたら、水着だし、余計に悪印象を与《あた》えちゃうんじゃゃ……」

「ウーン、草野ちゃんの言うことにも一理あるねえ……」

竹井監督、悪い人じゃないんだろうけど、ちょっと優柔不断かもしれない。

「わかりました。――小林さん、ありがとうございます。でも、そういうことですから」

即席のたすきを肩から外し、丸めて由理奈に渡《わた》すと、まるで水に飛び込む前みたいに腕《うで》を大きく回し、膝《ひざ》の屈伸《くっしん》を二、三度してから、鳳くんは歩き出した。

緊張《きんちょう》が女性を美しくすると言ったのは、舞台《ぶたい》女優、写真家、それとも、下着メーカーの社長だっただろうか。鳳くんが昨日よりもきれいに見えるのは、肌の露出《ろしゅつ》の多さゆえでは断じてない。緊張感のもたらすものだ。今日は全力疾走と言っていた鳳くんだったが、実際には、昨日より少し速足といった程度だった。それでも強調される躍動《やくどう》感がなんとも色っぽ——違《ちが》う違う！　今は鳳くんを囮《おとり》にした脅迫者狩りの最中なのだ。

廊下にいた奴等《やつら》の視線は昨日よりも無遠慮だった。そりゃ、ハイレグビキニのハンサムな女の子が、プールサイドならまだしも、殺風景な学校の廊下を歩いていく光景は非日常的で、そそられる気持ちは理解できないでもない。しかし、当人の気持ちも考えろよな。現代のゴダイバさまの心中を。

ピーピング・トムどもを、次々にクールな視線で撃墜《げきつい》していく。ただ今日は、カメラリハーサル中というカムフラージュをしているため、鳳くんのすぐ傍《そば》にいることができない。代わりと言っては何だが、映研のスタッフたちがゆるい人垣《ひとがき》を作るような形で鳳くんを取り巻いているので、直接危害を加えるような奴から彼女を守ることはできるだろうとは思うのだが。

「鳳くん、表情固いよ。もっとスマイル」

「無理言わないでくださいよ、草野先輩」

コートにペンキを塗ることに始まって、手を替え、品を替えて続く脅迫。手口から考えると、脅迫者は粘着質《ねんちゃく》というか、かなり執念《しゅうねん》深い性格だろう。鳳くんがビキニで部室を出たからといって、それで満足しない。きちんと校内を一周するかどうか、ずっと見張っているような、そんな奴じゃないだろうか。

「絶対に、犯人は鳳くんの水着姿を見てるはずなんだよな。犯人じゃなくたって、思わず教室からふらふら出てくるくらいなんだから——痛ェ。なんで蹴《け》るんだよ、助手くん」

今日は鳳くんの傍からまわりの人間をチェックしようということで、由理奈も一行に加わっている。もう三階の廊下を端《はし》から端まで歩き、階段を昇ろうとしている。行程の半分は終わったわけだ。

「水着、ちゃんとチェックしたよな？　どこかに切れ込《こ》みが入ってたとかいったら、シャレじゃ済まないぞ」

「実は期待してるんじゃないの、探偵さん？」

「ニヒルでクールな男に向かって、何を言う」

「何をやっているの！　二年B組・山田太一郎くん！　一年D組・鳳美蘭さん！」

今日の風紀委員長の声は、昨日より甲高《かんだか》かった。鳳くんの体まで一瞬《いっしゅん》震《ふる》えが走った。

「リハーサルなんて言い訳は通用しませんからね！」

「いや、今日もリハーサルです。今日はカメリハ、カメラを回してのリハーサルです」

前に出て、草野氏を指差す。いきなり振られた草野氏だったが、何度もうなずいて肯定《こうてい》する。

「あたしが確認したシナリオには、こんな場面はなかったわよ！」

「変更があったんです。疑問があるなら、出来上がった作品を見てください」

「鳳さんは私立探偵の役だったんじゃなかったの！」

「見てわかりませんか？　探偵は、変装してるんですよ、変装」

短い髪《かみ》の毛からローズピンクのビキニを経過して白いビーチサンダルまで、そこから逆方向にもう一度、美樹は視線でたどった。

「――変装ね……？」

「そうです、変装」

地獄《じごく》の底から響《ひび》くような声に対して、自信に溢《あふ》れた声で答える。ここは、視線を逸《そ》らしたほうが負けだ。

「――映画の完成を楽しみにさせてもらうわ」

らしくもない捨てゼリフを残し、美樹は去った。

「ああ、助かった」

冗談《じょうだん》めかしているが、鳳くんの言葉は安堵《あんど》の吐息《といき》まじりだった。

「最初に言ったはずだぜ。ガードマン役は俺《おれ》に任せろって」

もっともあの時は、まさか成田委員長からガードすることになるとは思わなかったけどさ。

「ええ、そうですね」

どうにか笑顔になる。フッ、勝ったな。

「ところで山田さん、成田委員長とは何かあったんですか?」

声をひそめて鳳くんが尋《き》く。なんでそっちのほうへいくかなあ。

探偵は、ちょっとだけ孤独《こどく》を感じた。


五階のいちばん端は音楽室だ。白いビーチサンダルが、音響《おんきよう》効果を考えて絨毯《じゆうたん》が敷《し》いてある床《ゆか》を踏《ふ》み締める。

「よし、これで校内一周は完了だ。——お疲《つか》れさま」

鳳くんにコートを着せ掛ける。期せずして、拍手《はくしゆ》が起こった。映画を撮《と》りたいなんて連中は、人間嫌《ぎら》いで気難しい変人が多いのではと思っていたが、それなりのチームワークはあるのだろう。鳳くんも、どうもどうもという感じで、頭に手を当てて、お辞儀《じぎ》をしている。

不意に鳳くんがよろけた。反射的に抱《だ》き止めている。

「すみません、なんか、思ったより緊張してたみたいで——」

うっ……防水の布地一枚隔てた下は、ピンクのビキニに包まれた見事なボディが……。そう考えただけで、今度はこっちのほうが緊張してしまう。手が震えちゃってるのが情けない。

「は……早く戻って、着替えたほうがいい。こんな格好じゃ風邪《かぜ》をひくというほど寒い季節じゃないけれど、ほら、風邪は万病の元だって言うし、まあ、用心に越《こ》したことはないから」

「ハイ」

ようやく鳳くんは離《はな》れてくれた。ちょっとだけ残念な気がしたのは黙《だま》っていよう。

別に、鳳くんの水着姿に感動したからってわけじゃないだろうけど、撮影《さつえい》は順調に進んだ。草野氏の予備のカメラPVC707Sもぴたりと鳳くん、いや、〝探偵〟を追う。

昨日、一日つぶれた分の撮影をどうするか、部長は頭を悩《なや》ませているようだ。こちらも、そろそろ本格的に頭を悩ませなければならない。村崎氏の指摘《してき》を待つまでもなく、ガードマン役ってことに関しては失敗している。こうなったら、脅迫者の正体を明らかにするほうで、依頼《いらい》の件をクリアするしかない。

だが、撮影が終わり、解散する段になって由理奈が言った。

「探偵さん、鳳くんのガードについたほうがいいんじゃないの？」

その提案も、もっともだと思えた。昨日と今日の脅迫者の要求は、映研に対する妨害《ぼうがい》よりも、鳳くんへの嫌がらせという印象が強い。直接的な行動に出る恐《おそ》れもないわけじゃない。

「じゃあ、お言葉に甘《あま》えます。——乗ってください」

ガードされる本人の漕《こ》ぐ自転車にボディガード役のほうが便乗したんじゃ、どっちが甘えてるんだかわからない。

荷台のない、純粋《じゅんすい》なスポーツタイプの後輪を跨《また》ぎ、左右に伸びた車軸《しゃじく》に足を乗せる。

「手は肩《かた》でいいのか？」

確認してから、鞄《かばん》を背負った背中のやや上、逞《たくま》しい肩に掴《つか》まる。

鳳くんの漕ぐロードレーサーは、軽やかに校門を出て、夕方の雑踏《ざっとう》の間を縫《ぬ》うようにして走っていく。結構なスピード、つまりは向かい風に、帽子《ぼうし》を飛ばされないように注意する。

シナリオ上のキザな〝探偵〟が好感をもてるキャラクターになっているのは、鳳くんの力だ。陽性の性格が〝探偵〟に軽みを与えているのだ。楽しいとはいえない状況が続いているのに、今日の撮影でも鳳くんの明るさは損なわれていない。鳳くんのタフネスに乾杯《かんぱい》——。

「——山田さん、犯人の目星はつきましたか」

風が、鳳くんの言葉を運んでくる。

「ある程度はね」

「内部の人間なんですか？」

「もしも、そうだとしたら？」

ペダルを踏《ふ》む足が止まる。それでも自転車は惰性《だせい》で進みつづける。

「――ちょっと嫌ですね。犯人を明らかにしないで解決する方法はないんでしょうか？　あたしは、ただ、楽しく映画を作りたいだけなんです」

鳳くんの言うことも、わかる。犯人が映研の部員だったとして、それが明らかになった後でも、一緒《いっしょ》に映画作りを進めていくことができるだろうか。

事実を明らかにすることが探偵の仕事だというのは間違いないけれど、明らかにされた事実が依頼人をはじめとする関係者を幸福にするとは限らないというのもまた真理なのだ。

私立探偵の存在意義なんて、すごく哲学《てつがく》的な領域に踏み込んでるじゃないか――。それがちょっと嬉しいという気持ちもないではなかったけれど、悩む気持ちはほんとうだった。

「山田さん、カーブだから、手を離《はな》してると危ない――」

次の瞬間、腕を組んでおのれの存在意義に関して考察を進めていた私立探偵は、宙に放り出されていた。

「どうしたの、探偵さん？　なんだか出てった時よりボロっちくなったみたいだけど」

「たいしたことじゃない。俺《おれ》はタフなんだから」

素直に納得《なっとく》して、ノートパソコンに戻ってしまう由理奈に、ちょっと寂《さび》しいものを感じる。

ぶつけたところに響《ひび》かないように注意しながら、椅子《いす》を引き、腰《こし》を下ろす。

「鳳くんは、無事に家に帰った？」

「ああ。──ところで、あのビキニだけど、昨日の何とかいうブランドと同じか？」

「別のとこ。──見る？」

由理奈がくるりとノートを回し、ディスプレイをこちらに向ける。おっかなびっくり立ち上がり、片足を引きずり気味になりながら、由理奈のところまで行く。

最近は、ちょっとしたメーカーならホームページで商品紹介《しょうかい》や通信販売の受付けなどをやっているらしい。わざとインクが飛び散るように書いたとしか思えない筆記体で書かれたブランド名が、ロゴとなって最初のページに表示されている。由理奈が示したビキニのボトムの端に書かれているのも同じロゴだ（ちなみにビキニの水着は、ちょっと気持ちが悪いということもあって、昨日のワンピースとも証拠《しょうこ》物件として由理奈が保管している）。

「このブランドのテーマは、エレガンスとかわいらしさってことなの。このピンク色は、ここじゃないと手に入らない特別色なのよね」

画面をスクロールさせると、なるほど、そんなことが書いてある。そろそろ冬物に主力商品が移る頃《ころ》だろうが、水着も扱《あつか》っている。そして、安くはない。

「——助手くんには不本意かもしれないけど、靴底《くつぞこ》をすり減らすかい？」

「ビキニとワンピ持って、これを買った人を覚えていないかって、お店を聞込みして回ろうってこと？」

「水着はやや季節外れの商品だし、ワンピースのほうは珍《めずら》しいサイズなんだろう？　だったら、お買得品のコーナーで五足一〇〇〇円のストッキングを買った客を見つけ出すより可能性は高いと思わないかい？」

「難しいと思うよ。原宿とかお茶の水とか、二、三軒ショップも出してるけど、通信販売主体だしね。——念のために言っとくけど、顧客名簿《こきゃくめいぼ》をハッキングしろなんて注文は無理だからね、探偵さん」

仮に脅迫者《きょうはくしゃ》が原宿だかどこかの店を訪れてこれらの品を買っていたとしても、どんな客だったか知りたいというこちらの要求に店員が応じてくれるかどうかはかなり心許《こころもと》ないしな。

「でも、目星くらいはついてるんでしょ？　これまでの犯行が全部可能だった人間っていうと、かなり絞《しぼ》られるんじゃない？」

「そして、この犯行が可能だったのはあんただけだよって犯人を名指しすると、犯人は、自分がどうしてこんな犯行に及《およ》んだのかについて、一〇年前の欲望と怨念《おんねん》に彩《いろど》られた事件の復讐《ふくしゅう》のためだって語ってくれるって寸法かい？」

「──別に、ハードボイルドな探偵らしく、ギャングと殴《なぐ》り合ったあげくに路地裏に転がされたいって言うんなら、あたしは止めないわよ、探偵さん。それで事件が解決するなら」

「──ああ、何だ、その、コーヒー飲もう、コーヒー。美味《うま》いコーヒー飲めば、厭《いや》なことも忘れちゃうし」

「あたし、別に厭なことなんてないもん」

「ほら、カフェインは頭をすっきりさせるからさ、きっと名推理が浮かぶよ」

「推理するのは、探偵さんの仕事でしょ」

今日のコーヒーは、いつもより渋《しぶ》いような気がした。

翌日。驚いたことに、朝一番で鳳くんが事務所を訪ねてきた。途中《とちゅう》で彼女の姿を見かけたのだろう、由理奈も一緒《いっしょ》だった。

「教室の、あたしの机の中に押《お》し込んであったんです」

差し出されたのは、見覚えのあるチェックの紙袋《かみぶくろ》だった。黙って受け取り、開く。残念ながら、今度もビデオカメラは入っていない。代わりに、またしてもピンクのひらひらした布地が突っ込まれている。

「クソッ」

舌打ちして、デスクの上に中身をあける。一昨日がワンピース、昨日が水着、そうすると今日は当然――。いや、クールでニヒルな探偵は、そんなよこしまな期待なんて絶対にしていなかった。男の誇《ほこ》りに賭《か》けて断言します。

布地を広げる。フリルやリボンのいっぱい付いたワンピース。白いハイソックス。頭に付けるらしいリボン付きのヘアバンド。気のせいか、ワンピースは妙《みょう》に光沢があり、ソックスもただ白いだけ。全体に安っぽい印象だ。

「これ、パーティの扮装《ふんそう》とか罰《ばつ》ゲームに使う、言ってみればオモチャだよ。負けた奴は、これ着てご町内を一周だ、とかいう時の」

背中のジッパーのところを開いて、タグを見せながら由理奈が言う。確かに、安そうな合成繊維《せんい》のカタカナ名前が並んでいる。心なしか、縫製《ほうせい》も粗《あら》い。

もう一つ、これまではなかった紙包みも同梱《どうこん》されている。開いてみると、小さなガラス瓶《びん》やプラスチックの小箱《こばこ》がこぼれる。入れ物まで鮮《あざ》やかな化粧品《けしょうひん》。

そして、最後に、封筒《ふうとう》に入った脅迫状。

「ビデオカメラを無事に返してほしければ、探偵は化粧をしたうえで、同梱した服を着て、今日一日を過ごせ。昼休みには、歌を歌いながら、校内をスキップで一周しろ。ただし、この場合の校内一周とは、まず校庭を一周し、その後で校舎内を一周することを指す」

この業界、いろいろな境遇《きょうぐう》・趣味《しゅみ》・嗜好《しこう》・嗜癖《しへき》・特技をもった同業者がいる。しかし、変装の得意な探偵や、ゲイやレズビアンの探偵はいたはずだが、女装する私立探偵というのは（世間が狭いためだろうか）記憶《きおく》にない。ひょっとしたら、この分野に於《お》けるパイオニアの栄誉《えいよ》を担うことになるのかもしれない。

「よかったじゃない、鳳くん。探偵さんが女装して校内を一周したって、映研の撮影の障害にはならないでしょ？　今日は安心して撮影が進められるわよ」

嬉《うれ》しそうに由理奈が言う。ちょっと待て。女装する本人が言うのなら、痩《や》せ我慢《がまん》も男の美学のうちだから、それなりに格好がつくかもしれないけど、助手に言われちゃったら、単に立場がないだけだぞ。

探偵が、男の美学について内心で激しく葛藤《かっとう》している間に、助手は、紙袋の中身を机の上に並《なら》べて内容を点検しはじめた。

「探偵さん、お化粧できる？　できるわけないか、やっぱり。あたしが、ちゃんとやってあげるね」

こういうのって、逆セクハラって言うんじゃないだろうか、もしかして。

「……モイスチャーケア……美白ローション……口許ひきしめパック……小鼻みがき……脂とりシート……ねえ、探偵さん、この化粧品、余ったら、あたしにちょうだい」

コラ、秘書！　こっちがクールでニヒルな私立探偵で、おまけにクライアントの前でなかったら、後頭部に机ぶつけてるぞ！

「あの……山田さん……ほんとうに……するんですか……女装？」

おずおずという感じで鳳くんが尋くもんだから、急に恥《は》ずかしさが湧《わ》き上がってくる。

「安心して。探偵さんはタフだから、こんなことぐらい、平然と受け止めてるわよ。ねっ？」

うなずく。うなずくしかないよな。しかし、探偵の心のなかには、孤独のブリザードが吹《ふ》き荒《あ》れていた。

四時限め終了《しゅうりょう》のチャイムが、自分の葬送《そうそう》行列のスタートを告げる合図のように聞こえた。

「大丈夫《だいじょうぶ》。メイクはバッチリだし、ドレスもサイズが合ってるわよ」

そういう問題じゃないって。しかし、由理奈の声がどこか嬉しそうなのは、こっちの気のせいだろうか。

「気にすることないわよ。まわりの人間にしてみればね、トレンチコートも女装も、恥ずかしさでは似たようなもんなんだから」

この一件が片付いたら、一度じっくり話をしてみようじゃないか、その、男の美学について。

「たぶん、脅迫者はどこかから俺を監視《かんし》しているはずだ――」

「はいはい、注意して見張ってるから、度胸を決めて、行ってらっしゃい」

「念のためだが、撮影は厳禁だ」

…………。どうして素直な返事が返ってこないのかな。

事務所を出て、まずは昇降口を目指す。気分はもう、地中海を渡《わた》るモーゼだ。行く手の人ごみが左右に分かれていく。

気にしない気にしない気にしない気にしない気にしない気にしない……。

グラウンドに出る。こんなにグラウンドが広く思えたのは初めてだ。歌を歌いながら、スキップで一周ね。レパートリーから、まず〈バードランドの子守唄《こもりうた》〉、続いて〈星影《ほしかげ》のステラ〉を口ずさむが、ジャズ・スタンダードはスキップには向かないようだ。

最終的に、テレビアニメ「アルプスの少女ハイジ」のテーマソング（意外にスキップするのに向いている）を大声で歌いながら、スキップを始める。スキップなんて、幼稚園《ようちえん》を卒園して以来、何年ぶりだろう。そう、乾《かわ》いた都会を行く一匹狼《いっぴきおおかみ》にも、かつては幼稚園に通っていた時代があったのだ。そういえば、あの頃から眼鏡をかけていたっけ……。

「くちぶっえはなっぜえ〜」

スキップするたびに安っぽい光沢の布地がシャラシャラという感じでこすれ合う。脚《あし》の間の風通しが妙《みょう》によくて、実に落ち着かない。鳳くんは偉かったのだと、改めて感心する。

昼飯は食べないのか、グラウンドの端《はし》っこでバレーボールをやっていた女子の一団の手が止まる。いつものトレンチコートの時に浴びる視線より、怯《おび》えの要素が含《ふく》まれているように感じるのは気のせいだろうか。

「山田さーん！」

鳳くんの声がする。見ると、コート姿の鳳くんを先頭に、映研の部員らしい一〇人ほどが、こちらに駆《か》けてきた。

「俺は、今、卑劣《ひれつ》な脅迫者と戦っている最中だ」

「いや、山田さんだけを放っておくわけにはいきませんよ」

「そうだよ、探偵ちゃん。水臭《みずくさ》いじゃないの。よし、みんなで『ハイジ』を歌いながら、探偵ちゃんと一緒にスキップだ」

そ……そういう問題じゃないと思うんだけど……。

「くちぶっえはなっぜえ〜」

一人でいる時よりも増した孤独感を胸に、グラウンドを一周し、昇降口から校舎に入る。行程はまだ半分程度にしかなっていない。

「山田さん、頑張《がんば》ってくださいね」

いつの間にか横に並んでいた鳳くんが言う。彼女、意外とスキップは下手《へた》みたいだ。

「昨日のことだけどね、犯人を明らかにしないで、事件を解決する方法はないのかっていう」

「はい？」

「ない。というより、犯人を明らかにすれば脅迫は止まるだろう。だけど、その後で残るしこりを解《ほぐ》すのは俺の仕事じゃない。映研のメンバーの仕事だ。——俺はそう思う」

「ほら、探偵ちゃん、声が出てないよ」

「くちぶっえはなっぜえ〜」

しかし、グラウンドならまだしも、廊下《ろうか》をスキップなんてことをしていたら、必ず現われるだろうな、職務に忠実なるわが天敵が。

「何をやっているの‼　二年B組・山田太一郎くん‼」

今日の風紀委員長の声は、甲高いというより、ほとんど裏返っていた。

「リハーサルなんて言い訳は、言い訳は……」

よっぽど頭に血が昇っているんだろう、スムーズに言葉が出てこない。

「いや、今日もリハーサルです。ほら、主演女優はちゃんと私立探偵の格好をしているじゃないですか」

毛穴の汚《よご》れを取って、肌《はだ》に潤《うるお》いを与《あた》えて、口許《くちもと》目許のたるみを引き締《し》めたうえでルージュやシャドウやマスカラを塗《ぬ》りたくったこちらの顔から目を逸《そ》らしもしない。笑ってくれたほうが、どれだけ気が楽かわからないっていうのに、風紀委員長は鬼《おに》のように生真面目《きまじめ》だ。

「あたしが確認したシナリオには――」

「はい、こんな場面はなかったんですね？　もちろん、またしても変更《へんこう》があったんです。出来上がった作品を見ていただけば、すべての疑問は氷解するはずです。ぜひ見てください」

「変装は、鳳さんがするはずじゃなかったの!!」

「それを確定するために、今日は変装をしていないんです、比較《ひかく》のために」

反射角度の関係か、風紀委員長の眼鏡《めがね》レンズが青白く光り、へたに睨《にら》まれるよりも威圧《いあつ》感のある雰囲気《ふんいき》を漂《ただよ》わせている。

「それじゃあ、どうして、部外者が……女装しているの？」

地獄《じごく》の釜《かま》の蓋《ふた》が開く時には、きっと今の美樹の声のような音がするんだろう。

化粧をした顔でかなう限り、グッと表情を引き締め、一歩前に出て、美樹に右手を差し出す。

「自己紹介《しょうかい》が遅《おく》れました。女装コンサルタントの山田です」

何なんだろう、この冷たくて重い沈黙《ちんもく》は。

ただ一つ言えることは、どんな格好をしていたって、探偵は孤独だってことかもしれない。

脅迫者の要求に従って、午後も女装で過ごす。そして、考える。

最初のコートについては、わかることはあまりない。

成田委員長に電話をかけた奴は、その晩、探偵が学校に張り込むことを知っていた。

そいつは、鍵《かぎ》のかかった草野氏のロッカーからビデオカメラを盗《ぬす》むことができた。

次の日には、やはり鍵のかかった映研の部室に水着の袋《ふくろ》を置くこともできた。

だけど、その次の日、鍵もかからない探偵事務所に、女装の道具一式を置くことはしなかった。何故《なぜ》か鳳くんの机の中に入れておいた。

機械的なトリックだけで考えるなら、犯人は決まったも同然だ。

しかし、判らないのは動機だ。いや、これも見当がついていないわけじゃない。確認すればいいだけだ。

ただ一つだけ。昨日、鳳くんが言っていたこと。

「――どうしたの、難しい顔して?」

いつの間にか午後の授業は終わっていたらしい。由理奈がこっちの顔を覗《のぞ》き込んでいた。

「せっかくお肌のたるみをとったのに、眉間《みけん》に縦皺《たてじわ》をよせてたら、元《もと》に戻っちゃうじゃない」

「………。

「まあ、探偵さんの気持ちもわかるけど。昨日、一昨日の鳳くんのことを考えると、明日は探偵さん――」

その先は言わないでくれ。自分でもなるべく考えないようにしてるんだから。

「──今日の撮影は、また〝探偵事務所〟だったよな？」

「その前に、部室でミーティングだって」

「よし、行くぞ」

「その格好でボディガード？　悪くはないけど……」

「違う。真相究明だ」

戸をノックしてから、部室に入る。

「あ、ハイジだ」

誰《だれ》かが漏《も》らした一言に挫《くじ》けそうになる。みんながこちらを見て、目を逸らして、すまなそうに笑いを堪《こら》えているのが伝わってくる。しかし、負けない。これでも、打たれ強いんだ。

室内を見回すまでもなく、目的の人物がどこにいるのかはすぐに判った。

「ご依頼《いらい》の件に関して調査が完了しましたので、ご報告したいと思って来たんですがね」

「山田さん──」

何か言いかけた彼女を目で制する。

「依頼の件って、脅迫者の正体を突《つ》き止めるっていう……」

「ほぼ確実に突き止めました。ただ、それをこの場で全員に言ってしまっていいのか、俺《おれ》は迷ってました。クライアントだけに報告するってことも考えたけど、この件に関しては、映研全員がクライアントということになると思います。だから、この場で報告します」

言いながら、ゆっくりと部屋の中を歩いていく。

「そうじゃないでしょ、探偵さん！　関係者を集めたら、まず『さて、皆《みな》さん』でしょ！」

キャンディ頭の〝探偵の先生〟が飛び込んできて、コートを着せかけてくれた。ありがたいけど、ご忠告のほうは無視しておく。

目的の相手の前に立つ。緊張《きんちょう》している肩《かた》に手をかける。いや、こっちのほうが何倍も緊張してるかもしれない。真正面から相手を見詰《みつ》め、そのまま、ゆっくりと顔を近づけていく。

「や……山田さん……」

ひょっとしたら殴《なぐ》られるかな……このままでは唇《くちびる》が本当にくっついてしまう……。

「やめろ！」

動きを止める。

「助かった――」

鳳くんと二人して同じ言葉を漏らしていた。

振《ふ》り向くと、ＰＶＣ７０７Ｓを抱《だ》き締《し》めるような格好で、草野昇が震《ふる》えていた。

「やっぱり、あなたが犯人でしたね、草野さん」

　空気がざわめく。自分たちの仲間が犯人だったという探偵の言葉がにわかには信じられないのだろう。――まあ、信じてもらえなくなるようなことをだいぶしちゃいましたけどね。

「ちょっと、ウソでしょ、探偵ちゃん。どうして、草野ちゃんが映画制作を妨害《ぼうがい》するわけ？あんなに乗り気だったじゃない？　そう、それに、被害者なのよ、草野ちゃん。大事なカメラを盗まれちゃったんじゃない」

「あれは狂言《きょうげん》です」

　探偵が口を開く前に、助手が先に言う。

「ロッカーを壊《こわ》さずにカメラを盗むためには、鍵《かぎ》を持っていなければならない。あるいは錠前《じょうまえ》破りの技術がなければならない。だとしたら、鍵を持っているロッカーの使用者が犯人というのは合理的な結論です」

　嬉《うれ》しそうだな、助手くん。

「でも、ビキニは部室にあったんだよ。鍵は部長しか持ってないんでしょ？」

「ワンピースほどかさばりませんからね、水着は。部室に入る時に持ち込んで、しゃがんで『机の下に何かあるぞ』とか言って、見つけたふりをしたんでしょう。――ビキニの第一発見者は？」

村崎氏に答える由理奈の質問に、一同の目が草野氏に集まる。ますます嬉しそうだな、助手くん。

「話がこんがらがっているんで、最初から説明させてもらうと、鳳くんの衣装《いしょう》をペンキで汚《よご》したり切り裂《さ》いたりというのは、映研の部員に限らず、誰にでも可能だった。この部屋に鍵はないからね。しかし、ここで妙《みょう》なことに気付いた。本気で映画の制作を中止させようと思ったら、いちばん簡単で効果的なのは、カメラを壊すことじゃないかって――」

「最初に気付いたのは、あたしでーす」

「――それをしないのは変だと思った。あるいは同じ衣装でも、櫻女の制服を狙う手だってあったはずだ。それから三日前、俺が張り込んでいる時にはコートを切り裂きに現われなかった。実は、映研の部員のうち四人だけは、俺が密《ひそ》かにコートを隠して犯人の現われるのを待伏《まちぶ》せしていたことを知っていた。竹井部長、草野カメラマン、村崎氏、そして、鳳くんだ。もちろん、俺が張り込んでいることを理由に犯人が現われなかったとは限らない。しかし、犯人は余計なことをした。俺が助手と一緒に学校に張り込んでいることを風紀委員長に密告したんだ」

えぇーっと室内がどよめく。しまった……。

「ああ、俺と助手のことは事件の本質には関係ないから脇《わき》に置く。置きます。できれば忘れてくれると嬉しいな。忘れてください。ええ、それでだ、これも情況《じょうきょう》証拠《しょうこ》にしかならないが、俺は四人に対する疑惑《ぎわく》を深めた」

「――山田さん、あたしのことも疑ってたんですか？」

「疑ってたんじゃない。誰も信じないところからスタートしただけだ」

あれ、なんでここで笑いが漏《も》れるんだ？　ちょっと考えて、思い当たる。「凍《い》てついた都会」の〝探偵〟と社長秘書のラストシーンの会話そのままだった……。

「次にカメラの盗難《とうなん》が起こる。しかし、これも不自然だ。後からカメラを質草にして――」

「物質《ものじち》」

「――物質にして、次々と要求を出すためとも考えられるがね。だけど、今度はその要求がおかしい。映画制作を中止させるための要求とはズレていると思わなかったかい？」

「主演女優に対する嫌がらせは、制作の妨害になる」

「じゃあ、さっきの俺と助手の件についての密告は？　あれこそ、映研には関係ない」

村崎氏の突っ込みに答える。しかし、忘れてくれと言ったばかりのことをすぐに引っ張り出すあたり、ちょっと情けない。いや、しょうがないんだ。由理奈が大好きな本格系の探偵と違って、弁舌を揮《ふる》うよりは拳《こぶし》を揮うほうが性《しょう》に合ってるんだから。

「そして、さっき助手の言ったカメラの盗難などの条件で絞っていくと、草野さんが残る」

「――それじゃ、草野ちゃんは、鳳ちゃんに嫌がらせをしたくて……」

「違う！」

それまでカメラを抱《かか》えるような格好でうつむいていた草野氏が叫《さけ》んだ。

「僕《ぼく》は、厭《いや》だったんだ……。鳳くんが男の役をやるのが厭だったんだ」

やっぱり、そうだったか。

「草野さん、認めるんですね、自分が犯人だって？」

草野氏は大きくうなずいてから、顔を上げた。涙《なみだ》で汚《よご》れている。

「僕は……気付いてほしかったんだ……みんなに、鳳くんに。鳳くんがほんとうは女性らしい、とっても女の子らしい魅力《みりょく》をもった人だって、そう気付いてほしかったんだ！」

不自然な脅迫の理由も、それならわかる。乙女《おとめ》チックなワンピースや、ハイレグのビキニを着せての校内一周。あれは、草野氏なりの、鳳くんの女性らしさのプレゼンテーションだったんだろう。当然、そこには鳳くんへの恋愛《れんあい》感情があるはずだ。

自惚《うぬぼ》れ半分で言わせてもらえば、由理奈との一泊《いっぱく》（いや、二泊か）のことを美樹にタレ込《こ》んだのも、ある種の嫉妬《しっと》心《しん》によるものだったのだろう。映画撮影のためとはいえ、鳳くんと急接近する私立探偵（見方によってはトレンチコートのペアルック、しかも、両方とも私立探偵の持ち物だ）の存在が、恋する草野氏にとって面白《おもしろ》いわけがない。由理奈との間のことをスキャンダルにして、鳳くんから遠ざけようというのが〝犯行意図〟だろう。そうか、女装道具一式を鳳くんの机に押し込んでおいたのも、彼女にそれを届けさせ、私立探偵が女装するということを逸早《いちはや》く、かつ確実に知らせて、イメージダウンさせるのが狙いだったんだ。

昨日、予備のカメラを持ってきたのも、鳳くんの水着姿を撮りたかったからか。

「——鳳くんだって、ほんとうは女の子らしい格好をしてみたいはずなんだ。それなのに、背が高いだけで、男の格好をさせられたり、がさつな人間だって思われたり。だから、僕は、鳳くんが隠《かく》しているほんとうの気持ちを叶《かな》えてあげたかっただけなんだ……」

「草野先輩《せんぱい》——」

少し気まずそうに、鳳くんが草野氏のほうに進み出る。

「お気持ちはありがたいんですけど、あたし、別に嫌々やってるわけじゃないんですよ。がさつって言われたら嬉《うれ》しくはないけど、自分でも大雑把《おおざっぱ》な性格だって思ってるし、普通《ふつう》の可愛《かわい》らしいっていうのとは縁《えん》がなくても、今の自分が自分らしくって、気に入ってるんです」

実を言えば、鳳くんも疑ってみなかったわけじゃない。男の役をやりたくない——。しかし、自分が〝女らしくないこと〟にコンプレックスをもった人間が、あんなふうに胸を張るかどうかという疑問が残ったんだ。

「嘘《うそ》だ！　鳳くんは、ほんとうは可愛い服を着て、女らしくしたいのに、自分で自分をゴマかしてるんだ！　女の子には絶対、可愛い女の子になりたい願望があるんだ！」

ああ、また始まる、悪い癖《くせ》が——。自分でもそう思うのだが、止められない。

「草野さん——」

「あんた、鳳くんにキスをしようと思ったら、どうする？」

突然《とつぜん》の問いかけに、草野氏が濡《ぬ》れた目をぱちくりとさせる。さっき、危うく鳳くんとキスしそうになってしまった身でこういうことを言うのはまずいかもしれないんだけど——。

「背伸《せの》びをして、それでも届かなかったら、どこかから踏《ふ》み台を持ってきて——。まず、そうするんじゃないのか？　それでも足りなかったら、ジャンプして、梯子《はしご》を持ってきて——。それがほんとうじゃないのか？　あんたは、一方的に鳳くんを屈《かが》ませようとしただけだ。いや、それより悪いな。鳳くんの足を切って、背を縮《ちぢ》ませようとしたようなもんだよ、自分の背丈《せたけ》に合わせてな。——判るか？」

ポンと草野氏の頭を叩《たた》く。次の瞬間《しゅんかん》、目の前で火花が散り、鼻の奥《おく》がきな臭《くさ》くなって、生暖かいものが溢《あふ》れてきた。草野氏の拳《こぶし》が顔面を直撃《ちょくげき》したのだ。

「——ほら、やればできるじゃないか。一五二センチのあんたでも、一八三センチの俺《おれ》を殴《なぐ》ることだってできるんだ。背伸びしてみろよ、相手に合わせて。それが、人を好きになるってことだろ」

重たいカメラを扱《あつか》っているせいか、草野氏のパンチは意外に強力だった。鼻血が止まらない。

「クールでニヒルが看板の私立探偵らしくないお節介《せっかい》だっていうのは承知しているさ。ただ、最初に言ったとおり、他人に無理矢理何かをさせたりさせなかったりっていうのが大嫌いな性分なんでね。映画が完成するか、頓挫《とんざ》するかは、あんたたちの問題だ。——以上、七篠高校映画研究会脅迫事件についての報告は完了、ご依頼の調査を終了させていただく」

また、私立探偵らしくもなく熱くなって、つまらないお節介を焼いてしまったな。それにしても、鼻血のせいで、発音が不明瞭《ふめいりょう》だ。

ここから後は、私立探偵の仕事じゃない。部室を出る。由理奈も後からついてきた。

「——探偵さん、カッコ良かったよ」

女装してる時に言われても、ちょっとな。

「どんな鼻血もたちどころに止まる方法を教えてあげようか?」

「そいつはありがたいな」

「鼻を摘《つ》まむの」

寒い。寒すぎるぞ、助手くん!

「どこで、犯人が草野先輩だって気付いたの、探偵さん?」

あまりにあまりな鼻血の止め方を反省したわけでもないだろうけど、事務所に戻ると、由理奈はティッシュペーパーを提供してくれた。ティッシュくらい持っているけど、この際だ。ありがたく、鼻に詰《つ》めさせてもらう。

そのあいだに由理奈はノートパソコンを持ち出して、事件の整理を始めた。

「いや、単に俺に恥《はじ》をかかせるだけなら、一昨日のワンピースを着させてもいいはずだけどさ、わざわざ俺用のを送ってきただろ？　しかもかなり安っぽい、オモチャのドレスをさ。この差はどこから来るんだろうなって考えて、確信をもったんだ」

「鳳くんが着たものに、よりによって探偵さんが袖《そで》を通すなんて、許せなかったわけね」

「しかも、安からぬブランドもののワンピースに水着だろ？　ひょっとしたら、犯人はものすごく金を持ってるんじゃないかとも考えた。例えば、プロ仕様のビデオカメラを、上位機種も含めて二台も持っているとかね」

「――あ、ほんとだ、草野先輩のお父さんって、オーナー社長なんだ」

学生名簿《めいぼ》を調べていた由理奈は、丸いメガネフレームをこちらに向けて、ニッと笑った。

「そうすると、あたしのほうが先に気付いてたんだな」

手招きされて、拡大したデジカメの映像を見せられる。ワンピースを着た鳳くんのまわりにいる映研部員。草野昇の手に握《にぎ》られているのは、やはりデジカメのようだ。

「昨日の水着姿も撮影してたんだろうなあ。体がちょっとでも隠《かく》れるのが厭だから、あたしのグッドアイディアを却下《きやつか》させたのよね。――鳳くん、かわいそ」

鳳くんと自分のアイディアとどっちに同情しているのかわからない口調で由理奈がぼやく。

でも、いちばん最初に引《ひ》っ掛《か》かったのは、バーの対決シーンの試写を見た時かもしれない。微妙《びみよう》に鳳くんのほうに中心のずれたカメラアングル。あれは、〝恋する男の目〟だったのかも。

――いや、加害者に同情的すぎるかな。

ほんとはコーヒーでも飲みたいところなんだけど、鼻血によくなさそうなんで、やめておく。

「でも、意外におとなしく終わっちゃったな、今度の事件」

「何だい、『凍《い》てついた都会』を上回るようなハードボイルド・アクション巨篇《きよへん》になってほしかったのかい?」

「ううん。撮影中に探偵さんが乱入して、現場がメチャクチャになっちゃうんだけど、監督《かんとく》さんが『すごい迫力《はくりよく》だ、カメラを回せ』って言って、探偵さんを撮影したフィルムが映画館で公開されて大ヒット――とまあ、そういう結末を期待してたのよね」

「ああ、そうか。昔《むかし》のTVマンガじゃあるまいし。

ため息が出る。最初の脅迫状はほんとうになっちゃったんだ?」

「何故《なぜ》だい?」

「映画の撮影を中止しなかったから、トレンチコートがペンキじゃなくて血で汚《よご》れちゃったわけでしょ?」

見る。ピンクのひらひらドレスの上に羽織《はお》ったアクアスキュータムにも赤茶色のしみが点々とついている。

「——そういうオチは嬉《うれ》しくないな」

「映画、完成したら見に行こうね」

「ダッサイ映画を、かい?」

「わざと草野先輩に殴られる探偵さんほど、ダサくないもん」

まさか。お節介は焼くけれど、そこまで傲慢《ごうまん》じゃない。

それにしても、実際に映画を見に行ったら——。ちょっと複雑な気分だ。「女装も変装もないじゃないの!」と叫ぶ美樹の顔が目に見えるようで頭が痛いのが半分。スクリーンの〝探偵〟を見て、「カッコイイ」とうっとり感三〇パーセント増量で言う由理奈の声が聞こえそうで胸が痛いのが半分。

やっぱり探偵は孤独だ……。

あとがき　または、無理は承知で私立探偵小説……

皆さんは「探偵」という言葉に胸がときめきませんか？　実は、麻生はあまりときめきません。どちらかというと、恥ずかしいような、落ち着かないような気持ちになります。気になるのは確かなのです。それも、どちらかといえば、「名探偵」よりも「私立探偵」のほうが。

同じ自由業でも、小説家の道を選んだ麻生には、作品のなかで他の職業を経験してみることができるので、今回は、ちょっと私立探偵になってみようかと思ったのですが、これが予想以上に大変でした。大事件を起こせない。魅力的な謎を考え付かない。それを明晰かつ意外な論理展開（あるいは腕っ節や拳銃）で解決することができない。そこで、いま皆さんの手のなかにあるようなお話と主人公になってしまったのです。依頼人だけにとって重大な事件を、論理も腕っ節も、もちろん拳銃も使わず解決してしまう。そのくせ、自分は永遠の謎に悩まされ続ける私立探偵（私立高校の探偵という意味ではありません）山田くん。ひょっとしたら彼こそ、麻生が生み出した初めての正統派ヒーローなのかもしれません。頑張れ、山田くん《たんてーきん》。

この本は、以下の方のご協力を得て作られました。ありがとうございました。

自己嫌悪の吹き溜りの中で窒息しかけていた麻生のケツを蹴飛ばして生き返らせてくれた、編集部の吉田さん。

山田くんをはじめとする、ものすごく絵にしにくい連中を素敵なイラストに仕上げてくださった中北晃二先生。

何より麻生を勇気づけてくださった、ａｓｕｋａさん、葛西伸哉さん。

そして、この本を手に取ってくださった読者のあなた。あなたが校舎の西の端の空き教室、いえ、七篠探偵事務所を覗いてみる気持ちになったのなら、これに優る喜びはありません。

二〇〇〇年三月

麻生俊平

付記　本書の内容はフィクションであり、作中に登場する人物、団体、事件等はすべて架空のもので、実在のものとは一切関係ありません。

続・付記　例のシリーズの完結編は、現在172ページまで来ています。もう少し待ってください。催促は富士見書房編集部気付で（吉田さん、ページ借りてスミマセン）。

無理《むり》は承知《しょうち》で私立探偵《ハードボイルド》

麻生俊平《あそうしゅんぺい》

角川文庫 11432

平成十二年四月一日 初版発行

発行者――角川歴彦
発行所――株式会社角川書店
東京都千代田区富士見二―十三―三
電話 編集部(〇三)三二三八―八六九四
営業部(〇三)三八一七―八五二一
〒一〇二―八一七七
振替〇〇一三〇―九―一九五二〇八

印刷所――横山印刷 製本所――本間製本

装幀者――杉浦康平

S 98-2 ISBN4-04-422002-6 C0193

角川文庫発刊に際して

角　川　源　義

第二次世界大戦の敗北は、軍事力の敗北であった以上に、私たちの若い文化力の敗退であった。私たちの文化が戦争に対して如何に無力であり、単なるあだ花に過ぎなかったかを、私たちは身を以て体験し痛感した。西洋近代文化の摂取にとって、明治以後八十年の歳月は決して短かすぎたとは言えない。にもかかわらず、近代文化の伝統を確立し、自由な批判と柔軟な良識に富む文化層として自らを形成することに私たちは失敗して来た。そしてこれは、各層への文化の普及滲透を任務とする出版人の責任でもあった。

一九四五年以来、私たちは再び振出しに戻り、第一歩から踏み出すことを余儀なくされた。これは大きな不幸ではあるが、反面、これまでの混沌・未熟・歪曲の中にあった我が国の文化に秩序と確たる基礎を齎らすためには絶好の機会でもある。角川書店は、このような祖国の文化的危機にあたり、微力をも顧みず再建の礎石たるべき抱負と決意とをもって出発したが、ここに創立以来の念願を果すべく角川文庫を発刊する。これまで刊行されたあらゆる全集叢書文庫類の長所と短所とを検討し、古今東西の不朽の典籍を、良心的編集のもとに、廉価に、そして書架にふさわしい美本として、多くのひとびとに提供しようとする。しかし私たちは徒らに百科全書的な知識のジレッタントを作ることを目的とせず、あくまで祖国の文化に秩序と再建への道を示し、この文庫を角川書店の栄ある事業として、今後永久に継続発展せしめ、学芸と教養との殿堂として大成せんことを期したい。多くの読書子の愛情ある忠言と支持とによって、この希望と抱負とを完遂せしめられんことを願う。

一九四九年五月三日